NASCI ODARA

Labrador

ANA MARICE LADEIA

NASCI ODARA

© Ana Marice Ladeia, 2024
Todos os direitos desta edição reservados à Editora Labrador.

Coordenação editorial Pamela J. Oliveira
Assistência editorial Leticia Oliveira, Vanessa Nagayoshi
Direção de arte e Capa Amanda Chagas
Projeto gráfico Marina Fodra
Diagramação Emily Macedo Santos
Preparação de texto Iracy Borges
Revisão Vinícius E. Russi

Dados Internacionais de Catalogação na Publicação (CIP)
Jéssica de Oliveira Molinari - CRB-8/9852

Ladeia, Ana Marice
  Nasci Odara / Ana Marice Ladeia.
  São Paulo : Labrador, 2024.
  96 p.

  ISBN 978-65-5625-670-2

  1. Ficção brasileira 2. Transexualidade I. Título

24-3582   CDD B869.3

Índice para catálogo sistemático:
1. Ficção brasileira

Labrador

Diretor-geral Daniel Pinsky
Rua Dr. José Elias, 520, sala 1
Alto da Lapa | 05083-030 | São Paulo | SP
editoralabrador.com.br | (11) 3641-7446
contato@editoralabrador.com.br

A reprodução de qualquer parte desta obra é ilegal e configura uma apropriação indevida dos direitos intelectuais e patrimoniais da autora. A editora não é responsável pelo conteúdo deste livro. Esta é uma obra de ficção. Qualquer semelhança com nomes, pessoas, fatos ou situações da vida real será mera coincidência.

"A vida se encolhe ou se expande em proporção à sua coragem."

Anaïs Nin

Prefácio

Nasci Odara é uma verdadeira viagem por um universo repleto de sutilezas poéticas, cuja emoção decorre da riqueza de detalhes vista na prosa redigida por uma mulher nascida no alto do sertão baiano. E assim apresento Ana Marice Ladeia, a escritora que demonstra a sua paixão pela vida e pela leitura na materialização da sua escrita instigante.

Confiante na sua escrita, ela nos brinda com sua segurança e sagacidade exalando amor em tudo que faz, seja no seu ambulatório enquanto médica; enquanto mãe; ou escritora que decodifica a vida em palavras. A narrativa apresentada por Ana Marice Ladeia pode ser vista no sentido mais profundo e sutil da palavra "trans'bordar", pois é com essa sintonia que vamos mergulhar na história contada em *Nasci Odara*, transicionando as amarras dos ditos "morais" e "normais".

O nome Odara tem como origem e definição "o belo", mas também carrega em sua essência a dualidade de sentidos. Odara tem a proeza do romântico e pode ser retratada como renascer ou se entender. Odara tem sabor da baianidade nagô, que, dentro da cosmopercepção africana, advém da encruzilhada enquanto possibilidade existencial, podendo ser entendida como fuga, escuta, caminho de conhecimento de si e do mundo em sua volta.

Mergulhar na história de Odara é encarar um compilado de narrativas distintas, mas com retóricas muito próximas às minhas, afinal de contas a autora tece de forma sensível a narrativa de uma soteropolitana intensa e decidida a ser quem é. Sim, a obra retrata a transição de gênero de uma mulher trans/travesti, uma história real com muitas emoções e sabores, findando no desafio da ruptura da cis-heteronormatividade e mostrando a importância de transbordar as nossas essências, seja enquanto homens, mulheres, sujeitas femininas, transmasculinas, não binários, dentre outras possibilidades de se vivenciar como queiramos ser.

Não obstante, Odara nasce na contramão da imposição social do que se diz e se determina sobre gênero na sociedade. Para além de nascer, ela faz jus ao sentido vivo de seu nome, caminhos de fuga, escuta, reflexão, e de sua própria decisão. Assim, existem tantas outras Odaras nascendo, e essas Odaras precisam se entender ao longo de suas construções sociais.

Assim destaco a importância desta obra, cuja narrativa é um grande monumento vivo "trans'escrito" de aspectos peculiares vividos por sua protagonista, que ousa divergir de uma imposição social e assumir uma identidade de gênero dissidente, outrossim apresentando o retrato de uma sociedade que se alimenta do sistema autoritário de signos, padrões de gênero, raça e classe, o que denota os resquícios de uma sociedade bastante colonial, racista e misógina. Mesmo assim, Odara desabrocha e passa a ter voz e vez, através das rosas vivas que nascem em cada suor seu e que amansam a turbulência do agitado mar de dias/anos tempestivos em sua vida. As rosas embalam e dão sintonia às expectativas de Odara. O cheiro da sua essência se faz presente no doce perfume de ser Odara.

Existem flores que desabrocham na primavera, outras apenas exalam seu cheiro e se desmancham no ar, o vento leva aquilo que é visto e sentido. Assim é a escrita aqui vista: para senti-la é necessário se debruçar para ler, enxergar e analisar os fragmentos nas entrelinhas de *Nasci Odara*, uma história singular, mas que reverbera entre muitas outras Odaras, mesmo porque as entrelinhas de cada história têm um pouco de mim, de si e de tantas outras pessoas. Diante das marcas de segregação, este livro chega como cura para fechar feridas, imprescindível para que outras Odaras floresçam e não murchem.

——————————————— *Thiffany Odara,*

mulher trans, pedagoga, comunicadora, mestre em Educação pela Universidade Estadual da Bahia-UNEB, doutoranda em Educação na Universidade Federal da Bahia-UFBA.

Prólogo

A moça que escreve

Ester, a moça que escrevia, estava cansada. Tinha trabalhado o dia todo, várias aulas presenciais e online, reuniões, pegar filhos na escola, gerenciar as bancas. Enfim, um dia comum na sua rotina, mas como sempre exaustivo. Deitada na *chaise-longue* da varanda, conseguiu ver que era dia de lua cheia. Pensou: *É raro vermos as fases da lua em grandes cidades, essa energia de lua cheia deve ser muito boa. Vou aproveitar e recarregar minhas baterias.* Abriu os braços e deixou que a luz da lua em contraste com as samambaias penduradas fizesse sombras na sua camiseta folgada azul-clara. Banhou-se no prateado lunar.

Adormeceu.

O celular tocou. A moça que escreve reconheceu o número na tela do aparelho. Despertou animada. Nova energia.

— Odara?

— Sim, sou eu. Você disse que quer conversar comigo sobre minha vida e andei pensando sobre isso. — Do outro lado da linha, uma voz grave e melodiosa respondeu.

— Sim, Odara. Eu escrevo sobre vidas, sobre pessoas reais. Eu as transformo em personagens para que o mundo saiba que toda pessoa tem uma boa história para contar. Você gostaria de ter sua história contada por mim? — Se espreguiçou um pouco, enquanto falava.

— Hum, sabe, eu tenho pensado, mas ainda não decidi. Vou mexer com muitas emoções e lembranças. Apesar de ser tão jovem, já tenho muito passado.

— Fique tranquila, use o tempo que for necessário. Se quiser que eu escreva sobre você, me avisa quando estiver pronta para me contar sua história. Deixe chegar seu momento. O que são dias, meses e até anos diante de uma vida inteira, não é? Contar sua história tem que ser uma experiência que realmente você queira viver.

Uma semana depois. Mensagem no celular: "Vamos conversar, me liga às 21h. Odara".

Ester ligou. Conversaram longamente. Explicou que escrevia principalmente sobre mulheres, suas vidas, afetos, dores e conquistas. Sua escrita tinha o propósito de mostrar histórias diversas de pessoas reais para trazer o protagonismo de cada uma na sua própria vida.

— Por que eu? É porque sou uma mulher trans? — A voz de Odara tinha um leve desconforto.

— Porque você é mulher. — Voz assertiva de Ester.

A moça que escreve fez anotações enquanto ouvia a história de Odara, às vezes, a interrompia. Muitas vezes, do outro lado da linha, a voz que falava se emocionava, a moça que escreve também. Detetive de almas.

— Odara, fico feliz por você permitir que eu conte sua história. Sei que estamos apenas começando.

— Na verdade, eu que devo ficar feliz pela oportunidade de você levar ao mundo tudo que eu lhe contei e que ainda tenho a falar. Sei que poderá ajudar outras pessoas como eu. Ter cidadania e respeito é um direito de todos. Tenho aprendido que só somos livres quando somos aceitas, quando podemos falar de nós sem medo de sermos feridas. A rejeição é uma prisão que nos cala.

— Que responsabilidade! Será que posso falar do que não vivi?

— Sua escrita será minha voz. Eu lhe conto os fatos e as minhas emoções. Faça que muita gente possa saber de mim e de tantas outras pessoas como eu. A sua fala será a minha. Eu tiro a minha mordaça e a sua. Eu sou jovem, mas já aprendi que a pior mordaça é o julgamento do outro. Que não me julguem pelo que sou nem a julguem pelo que você é. Que não amordacem a sua escrita. Pronto, decidi que quero minha história contada por você. — Voz empática, segura.

— Obrigada por confiar em mim. — As palavras que acabara de ouvir fizeram os olhos da moça se inundarem, uma lágrima salgou-lhe a boca. Odara lhe

Nasci Odara

mostrou uma dor diferente das suas, mas ainda assim se irmanavam: mulheres.

— Odara, seria interessante que a gente conversasse durante o período em que eu estivesse escrevendo, assim você também seria a dona da escrita da sua história. O que acha?

— Boa ideia. Vou me organizar, pois estou na faculdade e já comecei alguns estágios.

Naquela noite, a moça começou a escrever.

Odara.

PARTE 1
Os abismos do passado

Primeiro encontro

Estavam em um café onde a moça que escreve, habitualmente, encontrava as pessoas que queriam ter suas histórias escritas por ela. O garçom já sabia qual sua mesa preferida: dois lugares, discretamente escondida atrás de uma coluna que separava os dois salões.

Odara chegou tímida e desconfiada. Calças jeans desbotadas e camiseta amarela que ressaltava sua pele preta.

— Odara, quer um café, um chá? Aqui tem um chá de maçã especial!

— Então vou experimentar.

Ester pediu dois chás. Diante de si estava Odara. Uma mulher preta que brilhava de juventude.

— O que você gostaria de falar? Não precisa ter ordem nos fatos. Fale como quiser e o que você quiser.

Com um sorriso natural, ela lhe contou que agora se chama *Odara*! E que nem sempre foi assim. Quando nasceu foi batizada como *Eliseu*, em homenagem ao avô materno.

Diz que gosta do nome Odara, tem a ver com suas raízes africanas. Tem orgulho de sentir toda sua ancestralidade representada no nome que escolheu para ser quem é. Explica que, embora Odara seja um nome de origem hindu que significa paz e tranquilidade, também se diz que é uma palavra iorubá, com grande importância na religião do candomblé e da umbanda, sendo um tipo de exu. No candomblé, Odara é um exu que significa infinito, que não tem começo nem fim, exu bom que vai na frente mostrando o caminho para as pessoas. Na umbanda, Odara é a fase boa do exu, quando transita tranquilamente e fora do caos. E, para Caetano Veloso, que adjetivou o substantivo Odara, ficar Odara é ficar bem, tranquilo, leve. Só qualidades positivas.

Odara, enquanto falava, era assim, positiva e assertiva. Sabia que podia ser quem realmente era, ou, melhor dizendo, quem sempre foi. Contou que aos dois anos de idade já sabia que dentro de si existia uma mulher e por fora um corpo masculino que parecia viver em dicotomia com sua essência. Nas brincadeiras sempre escolhia representar as personagens femininas e o fazia com maestria e imaginação, fraldas viravam longos cabelos, colares no pescoço davam-lhe ar de rainha e a voz cheia de ritmo era um poder a mais. Assim cresceu, performando no corpo e na alma o seu verdadeiro futuro, aquilo que era.

Sonhava dormindo e acordada. Era princesa, cantora, sambista, rainha de bateria. A purpurina era sua escolha real e imaginária. A purpurina de um ser que precisava brilhar na sua integridade, mas ainda se via tolhida no espaço de um corpo, que existia para o mundo, mas inexistia na cumplicidade de sua alma. Sua alma brigava com o corpo, como um filho que não foi desejado chuta o ventre da mãe para lhe dizer: certo, você não me quer, mas continuo aqui, então trate de me aceitar. Eu vou nascer.

Disse que os caminhos foram difíceis, que teve que chutar muitos ventres vazios de empatia. Teve que seguir, mesmo quando, em algum canto escuro da sua alma, o medo aparecia como uma sombra a lhe dizer: ainda não, espera um pouco.

Espera.

Ester queria conhecer mais daquela história que lhe pedia para ser contada e descortinada.

— Fale um pouco sobre Eliseu.

Odara tinha os olhos fixos na moça, mas não a via. Via o passado.

Falava com voz calma, em alguns momentos a emoção a fazia mudar o tom.

— Nasci homem. Esse é meu sexo biológico, meus cromossomos são XY. Sei que essa história de cromossomos não é o mais importante em quem eu sou, mas a sociedade nos impõe rótulos. Recebi o nome de Eliseu assim que viram que nasci menino, que tinha pênis e testículos. Meus pais, pessoas simples, comuns na sua forma de ver o mundo, nunca pensaram que eu poderia não querer ser menino ou não me sentir menino. Nasceu menino, vai ser menino, lógico. É assim com a maioria das pessoas. Meus pais não tinham como prever o futuro...

"Às vezes penso nesses nomes que podem ser masculinos ou femininos, como Juracy, Darcy, ou os sofisticados Noah ou Alisson. Eu me pergunto se, caso tivesse recebido um desses nomes em vez de Eliseu, não teria sido mais fácil entenderem que eu não me via como um menino.

"Sei que a biologia tem sua força. Como todo menino, eu fazia xixi de pé, segurava meu pinto para isso. O órgão cumpria a sua função, mas sentia que ele não fazia parte de mim, pelo menos, não do jeito que eu me via por dentro. Uma criança nem sempre entende, sente. Sente, mas nem sempre consegue falar, explicar o que lhe vai por dentro. Confusão. Tormenta."

Odara respirou fundo e prosseguiu. A moça não a interrompeu, percebeu a importância daquele momento para ambas. Rever o passado permite contemplar o futuro.

— O mundo me via como Eliseu. Um menino fofinho, de lábios carnudos e bundinha gorda. Ninguém percebia que dentro de mim algo gritava forte. Não tinha como disfarçar. Lembro que pedi a minha mãe para deixar meu cabelo crescer, crescer, crescer tanto até eu virar uma sereia... Minha mãe me dizia, meio sorrindo: "Não, assim você vai ficar parecendo uma menina. Já é todo roliço e ainda de cabelo grande". Eu olhava para ela na esperança de que meu olhar pudesse dizer o que na minha alma era uma certeza: "Mãe, já sou uma menina por dentro, me ajude a ser também por fora".

"Naqueles momentos, o olhar da minha mãe divergia do meu. Ela não compreendia meu grito mudo. Talvez, não quisesse compreender. Sofríamos."

— Odara, talvez ela não conseguisse compreender. Ela também estava vivendo algo novo na própria vida. — A moça se fazia parceira da mãe de Odara. Ester também era mãe e conhecia os desafios de lidar com o descompasso entre os filhos imaginados e os reais.

Odara sorriu, ela queria continuar, pois outras lembranças precisavam ser revisitadas. Ela sabia disso. Tinha que ter coragem de falar.

Ela percebeu um brilho de afeto no olhar de Ester. Sentiu-se encorajada.

— Quando eu tinha oito anos, já me percebia estranha. Na escola preferia brincar com as meninas, embora eu fosse muito boa nas brincadeiras com os meninos. Jogo futebol bem até hoje, e no pega-pega ninguém me pegava. Eu era muito rápida.

"Acho que as outras crianças também percebiam o meu jeito estranho de ser e de existir. Algumas não diziam nada, outras me olhavam e saíam juntas com risinhos cúmplices. Eu não lembro se isso me machucava ou não. O que eu não gostava era de ser excluída. Aliás, acho que nenhuma criança gosta, não é?"

Não esperou a resposta. Continuou:

— As crianças da minha escola, quando queriam, podiam ser muito boazinhas, mas também eram muito cruéis. Eram cruéis comigo e com uma outra criança que tinha um defeito no lábio superior. Diziam "olha o menino da boca errada". Comigo eram ainda piores, dizendo "Eliseu nasceu todo errado". Não entendia o que existia de tão errado em mim que me fazia ser tão rejeitado. Eu queria amor e empatia, afinal era criança...

Odara engoliu em seco. Ficou em silêncio.

— Tome o seu chá, Odara. Fale apenas o que for confortável para você. — Ester segurou a mão de Odara sobre a mesa.

— Eu quero falar, é importante para você entender tudo que sou. Uma vez, na quadra de esportes da escola, estavam fazendo times de futebol com meninos de todas as séries; e um menino da quinta série, com jeito de chefão, olhou para mim e disse: "Você pode até jogar bem, mas tem um jeito de boiola. Não quero boiola no meu time, não... Vai correr de salto alto, vai?". Senti o sal da lágrima que não desceu na minha língua, engoli a saliva, mordi a boca. Sangrou. Já estava saindo do campo, quando um outro menino dentuço e sardento me chamou: "Vem pro meu time, Eliseu, vamos ganhar deles". Eu fui, dei tudo de mim, corri como nunca, e nós ganhamos. Eu ganhei.

"Naquele dia, entendi que poderia receber aquele tipo de ofensa outras vezes, mas entendi também que encontraria forças para seguir adiante. Cheguei em casa feliz e contei toda a história para minha mãe. Ela, com ar de alívio, me disse: 'Que bom que você ganhou o futebol. Se treinar muito, pode até ser um craque, desses que aparecem em revistas. Já imaginou, você aparecendo em revistas? Quer ser craque? Tem uma escolinha de futebol na Associação do Bairro. É gratuita. A gente pode ir lá para ver se ainda tem vaga. Quer ir lá amanhã depois da aula?'. Não respondi.

"Olhando o passado, vejo que minha mãe talvez estivesse começando a compreender o que se passava comigo. Talvez temesse compreender. Mas naquele dia esperancei que quisesse compreender. Na imaturidade dos meus oito anos, senti, por um momento, apenas um pequeno momento, desaparecer aquele peso do meu coração. Um mínimo de leveza de que eu precisava para ser uma criança feliz."

Odara tinha lágrimas nos olhos. De repente, como se lembrasse de algo, disse:

— O tempo passou rápido. Tenho aula na faculdade daqui a quarenta minutos. Tenho que ir.

A moça continuou a tomar seu chá de maçã, pensativa. Como ela contaria a história de Odara? Que voz narrativa usaria?

No café, olhou fascinada para as pessoas. Umas tinham companhia, outras estavam sozinhas. Na verdade, ter um café, um chá quente era prerrogativa daquele lugar de encontros e solidão. Ester tentava imaginar as emoções atrás de cada olhar, de cada expressão. Viu que uma mulher de óculos chorava enquanto olhava o celular. Depois a viu passar em direção ao banheiro. Teve vontade de segui-la e dizer: "Divida comigo o seu sofrimento, quem sabe eu já tenha vivido a mesma dor?".

Aparentemente, a mulher percebeu alguma cumplicidade no olhar de Ester, pois, ao voltar do banheiro, já com os olhos secos, sorriu para ela. Ester retribuiu o sorriso quase com um alívio.

Ester saiu sem olhar para trás. Sentia os olhos úmidos. Chorava. Sofria por Odara, por sua jornada solitária em busca de aceitação desde a infância. Uma menina-mulher ainda assustada com sua própria transformação. As frases ditas por Odara "Eu queria amor e empatia, afinal era criança", "Um mínimo de leveza de que eu precisava para ser uma criança feliz".

Ester também chorava por si própria. Já não era mais criança, mas a criança dentro dela também queria um mínimo de leveza para ser feliz...

Segundo encontro

Odara parecia triste.
— Está tudo bem, Odara?
— Sim. Eu encontrei umas anotações antigas minhas e quero lhe mostrar.

Entregou um caderninho para a moça e apontou a página dobrada.

O texto estava escrito com letras arredondadas. A moça leu.

> Estou deitado e olho o teto. Exploro meu corpo com o toque das mãos. Não quero me ver. Sentir o que meu corpo me diz é muito difícil. Quero nascer de novo.
>
> Sou um adolescente do sexo masculino. Os avanços da minha biologia me mostram essa crua realidade. Sinto meus pelos crescerem, se tornarem cada vez mais escuros e grossos. Meus órgãos genitais também me dizem que nasci e cresci como homem, ou bicha afeminada para ser exato. Assim que falam de mim. Dizem que rebolo quando ando. Rebolo mesmo. Gosto disso.
>
> Olho o teto, olhos bem abertos, busco luz na escuridão.
>
> Não sei se quero dormir. Penso que, na verdade, quero ficar acordado. Na noite anterior, sonhei que ia ao médico. A consulta era para

me tornar fisicamente uma mulher. Vários médicos estavam na sala. Eu estava sem nenhuma roupa e assim me examinaram. Eu tremia sob os olhares que me investigavam. O olhar ia além do meu corpo, parecia querer me ver por dentro. Ninguém duvidou que eu tivesse nascido homem, mas muito duvidaram que eu pudesse me tornar uma mulher. Palavras foram repetidas: "hormônios", "avaliação psicológica", "menor de dezoito anos", "os pais têm que concordar", "cirurgia de mudança de sexo", "amputação"...

Todas aquelas palavras me atordoavam, me faziam tremer. Mas uma certeza em mim permanecia inteira. Eu sou mulher — a voz dentro da minha cabeça tentava fazer os sons saírem pela minha boca, mas eu apenas balbuciava: mulher... mulher...

Acordei suando. A mulher que nunca pôde sangrar externamente sangrou fortemente dentro de mim para me dizer que existia. Eu sangrava salgado, suor e lágrimas.

Não vou dormir. Não posso dormir. Tenho medo de sonhar. Tenho medo de acordar.

Tenho medo de escolher. Tenho medo de me perder.

— Odara, o que está escrito é muito importante. Que bom que você escreveu e pôde transformar sua emoção e sua angústia em palavras. O que você sentiu ao ler algo escrito há tanto tempo? — Ester buscava emoções no rosto de Odara e percebeu certa incredulidade no olhar dela.

— Sabe, acho que cronologicamente não tem tanto tempo, talvez quatro anos. Mas em mim já se passou tanto tempo, tantas mudanças, que às vezes duvido se fui eu quem viveu tudo isso. Mas sei que fui eu. Sei que nasci biologicamente homem e tive que lidar com esse fato muitas vezes. Hoje que frequento a faculdade e vejo tantas outras possibilidades de se formar uma pessoa, eu me pergunto: por que se dá tanta importância à biologia?

A moça viu mais tristeza nos olhos redondos de Odara, enquanto ela contava que na adolescência, com a inadequação entre seu corpo e sua alma, sua estrutura psicológica se tornou mais evidente para si e para o mundo ao seu redor. O descompasso era muito grande, os hormônios masculinos criando o homem, a mente brotando a mulher. Era uma bicha afeminada e se admitia assim. Sua verdade.

Odara contou ainda que entendia isso como um grito de si mesma para mostrar quem realmente era, mas doía muito se ver marginalizada, não ver o seu mundo ser espelhado no mundo do outro. Sensação desconfortável de ser vista como "bicho raro", de ser excluída por se sentir diferente. Sabia que aquele desconforto não seria temporário, mas talvez não fosse infinito. Estava disposta a buscar a mudança.

Apesar da certeza do que é, Odara disse, sem dúvidas, que não escolheria ter nascido mulher. Entendia que Eliseu precisou existir para que ela pudesse se transformar através de um processo ativo de autoconhecimento e amadurecimento, que, de certa forma, foi precoce. Teve dor, sim, mas também teve conquistas. Valorizava todas. Disse orgulhosa que aprendeu a vencer batalhas interiores e guerras externas.

Ester sentiu que Odara precisava continuar falando. Não a interrompeu. Ouviu.

— Eu brigava muito com o espelho. Todos os dias, o vidro prateado me pregava peças. Bastava um detalhe mal disfarçado do meu corpo masculino e a imagem refletida me apontava que Eliseu ainda estava ali. Eu pensava no espelho da história de Branca de Neve, que sempre negava à madrasta a confirmação de que ela era a mais bela. Meu espelho, muitas vezes, me negou a confirmação de que eu precisava. Sabe, Ester, os espelhos trazem uma crueldade que corta, fere e penetra na alma. Eu, Odara, sei disso.

A moça ouviu as últimas frases de Odara. Pensou na sua própria adolescência e em quantas vezes o espelho também foi seu inimigo. Ela era a magricela, comprida: Olívia Palito!

— Odara, hoje sou eu que tenho um compromisso. Podemos nos ver na próxima semana?

— Claro, me liga. Minha história está apenas começando. — Sorriso cúmplice.

A moça que escreve passou no caixa, pagou a conta. A coluna que separava os salões no café a impediu de ver Odara fazer anotações no guardanapo. "Minha voz vai ser ouvida, minha história vai ser lida por mulheres que como eu precisaram lutar pelo direito de serem quem são. Obrigada, Ester".

Ao sair, Ester pensou em outra mulher trans que conheceu e que lhe disse "A natureza mostra que todos os dias tem pessoas nascendo, e essas pessoas se percebem ao longo de suas construções sociais, à medida que o tempo passa. Ninguém nasce pronto, em nenhum sentido". Diante dessa frase e de tudo que ela ouviu de Odara, entendeu que o "espelho de Odara" refletia muito mais do que ela dissera, refletia um rótulo social com elementos, signos e padrões nos quais ela não podia se ver. Não poder se ver no próprio espelho, naquilo que você sabe que é e que lhe é negado é realmente muito cruel.

Ester, a moça que escreve, sabia que não mais escreveria aquela história como espectadora. Sentia que já era parte dela, não importava quando começou a ouvir Odara. Tinha consciência de que seria impossível não ser parte da história de Odara. Sabia que talvez sofresse nos próximos encontros pela vida que não conseguiu viver. Ouvindo Odara, se viu pensando no seu próprio caminho, nas dores caladas para se adequar ao mundo e no medo de não ser amada.

Terceiro encontro

Combinaram de se encontrar na praça em frente ao café. Quando a moça chegou, Odara já estava lá, trazia uma grande mochila e parecia bastante apressada.

— Hoje tenho uma aula prática de artes plásticas, não posso demorar. Mas eu gosto de cumprir meus compromissos. Eu lhe disse que precisava falar um pouco sobre minha mãe. Gravei vários áudios e vou lhe enviar agora. Ouça com calma.

— Odara, você poderia ter enviado os áudios. Por que veio se encontrar comigo?

— Queria ter certeza de que eles seriam ouvidos assim que chegassem até você. Minha mãe é muito importante na minha vida. Mulher de força.

A moça viu Odara se afastando. Procurou uma sombra para ouvir os áudios.

Odara: *Janaína é o nome da minha mãe. Quem nasce na Bahia sabe que Janaína é a sereia das águas salgadas, ou Iemanjá, mulher poderosa que controla o próprio mar e que tem a beleza soberana das grandes mães. A Janaína não mítica, melhor dizendo, minha mãe, é forte, corajosa, traz em si uma alma fluida como a água. Às vezes se derrama sem pedir permissão ao corpo ou à razão. Desde que aprendeu a escrever, ela gosta de fazer anotações sobre* sua vida. Uma vez, ela me contou que, após o jogo de futebol, naquele que me chamaram de boiola, seu coração se dividiu em desespero e esperança. Ficou triste e escreveu:

"Tenho três filhos. Mas nem todos são iguais. Penso que toda mãe sabe disso.
Cada filho provoca na mãe um sentimento diferente que pode ser bom ou ruim. Mesmo sendo uma pessoa sem diploma de faculdade, sei que essa diferença de sentir não tem nada a ver com amor. Amo todos meus filhos, alguns me fazem sofrer mais do que outros, tudo depende de como nosso coração é tocado pela vida e o sofrimento deles.
Hoje sofri por Eliseu. Aliás, sofro por ele desde que esteve nos meus braços pela primeira vez e sua boquinha carnuda e macia sugava forte meu peito. Não era fome de leite, parecia fome de viver. Arregalava os olhos para o mundo. Senti a força daqueles olhos redondos me trespassar a alma. Esse menino é diferente dos outros, foi meu pensamento.
Quando eu era criança, minha mãe dizia: não minta para mim, mãe sabe ler a verdade na testa dos filhos. Eu duvidava. Agora sei que é verdade. Mãe sabe ler muito mais que a testa. Mãe lê a alma, o que vai por dentro de cada filho. Às vezes, a gente não gosta do que vê, e então é melhor fingir que não viu, mas a pontada no peito fica.

Eu olho para Eliseu, sei que ele é diferente. Não sei como, o quê, nem por quê. Só sinto.

Hoje quando ele contou que foi chamado de "boiola" na escola, tive pena do meu filho. Mas logo senti orgulho, pois ele seguiu adiante e, mesmo carregando a ofensa, ganhou o jogo. Queria que Eliseu fosse um craque de futebol, desses que aparecem em revistas com as pernas musculosas cheias de pelos fazendo propaganda. Mas sei que ele não vai ser. Sinto que ele tem outro destino. Eliseu me disse que quer ser cantora. Eu corrigi: cantor, filho.

— Cantora, mãe! — respondeu com raiva".

Acho que minha mãe já percebia o sofrimento que a inadequação do meu corpo causava a minha alma. Ela sofria. Eu sei. Sei também que ela sempre me defendeu e protegeu — a voz de Odara refletia ternura.

Janaína ou dona Jana não tem um diário. Anota quando quer ou quando os sentimentos parecem pedir às mãos que escrevam para que possam existir para sempre. Acho que herdei isso dela. Uma vez, ela brigou com minha tia por minha causa e depois me mostrou tudo que escreveu no seu caderninho, naquele dia:

"Quando eu era só filha, eu pensava que as mães não mentiam, não fingiam. Era isso que eu ouvia em casa. Agora que sou mãe, eu sei que é preciso mentir, fingir, não querer ver. Olho para Eliseu e cada dia ele

é menos meu menino. Onde estão as pequenas mãos de dedos gorduchos que me acariciavam os cabelos durante as mamadas? Eliseu está crescendo, ganhando corpo e a voz rouca de homem. Não sei aonde ele vai chegar, percebo que como os outros irmãos ele não é. Sei que ele nasceu homem. Eu vi.

Agora, olho e vejo uma mistura. Algo que não quero ou não sei definir. Mas não consigo mais fingir que não vejo. Acho que Eliseu é gay, bicha, já nem sei o que dizer... Não sei o que dizer para ele, para o pai e para mim mesma.

Às vezes penso que vão me parar na rua e perguntar: "Seu filho é gay, não é? Você não vê isso?".

Tenho medo do que posso responder. Tenho medo de sentir vergonha. Tenho medo de ter raiva de quem pergunta. Tenho medo de ter raiva de Eliseu. Não quero ter raiva dele.

Eliseu é meu filho. Nunca será menos que isso, essa é minha certeza.

Ontem, minha irmã veio aqui e me perguntou:

— Oh, Jana, você já reparou que Eliseu tem muitos trejeitos de mulher? A gente já sabe que ele é gay, mas não precisa chamar tanta atenção. Um homão do tamanho dele rebolando aquela bunda gorda por aí...

— Deixa ele — eu disse apenas.

Minha irmã queria me dizer mais alguma coisa. Senti quando ela perguntou:

— Tem café no quente-frio?

— *Tem, sim* — *respondi.*
Ela pegou a caneca esmaltada, colocou o café e se sentou calmamente na cadeira grande da varanda para fumar.
— *Vem cá, Jana.*
— *Apague o cigarro antes.* — *Eu evitava a conversa com ela.*
— *Estava fumando "ao ar livre". Já acabei.*
— *Vai, fala logo! Tenho certeza de que vai falar de Eliseu. Fala!*
— *Jana, Eliseu está namorando com um cara... não é escondido, não. Todo mundo já viu.*
Fiz cara de tonta, de quem nem estava se importando.
— *E daí?*
— *Você não se importa, Jana?*
— *Não, não me importo. E você não deveria se incomodar!*
Eu estava mentindo, eu me importava, sim. Eu me importava porque sabia que o mundo iria ferir muito Eliseu, meu menino. Rapaz preto, do subúrbio, gay, bicha... muito fardo para carregar. Bicha branca e rica é diferente. Esses artistas bonitos da televisão podem ser gays, namorar homem hoje, depois namorar mulher, e ninguém critica.
Minha irmã me olhava, ainda não estava satisfeita. Não tinha falado tudo que pensava. Senti que a conversa não ia ser boa, me levantei. Ela então falou:

—*Jana, hoje eu fiquei pensando. Será que Eliseu virou gay porque você sempre quis ter uma filha mulher e aí ele foi o caçula... será que, meio sem querer, ele foi ficando assim para lhe agradar? Será que não foi culpa sua?*

Entrei, sem olhar para trás. Ela veio aqui para me dizer que eu era culpada por meu filho ser gay. Ela que nunca foi mãe. Ela, útero seco, queria me fazer sofrer por ser mãe de Eliseu. Veio aqui enfiar o dedo na minha cara e dizer: "a culpa é sua".

Fui para o banheiro, lavei o rosto com água fria. A raiva fazia minhas orelhas arderem. Cuspi minha raiva no vaso sanitário. Uma saliva grossa e pegajosa. Demorei no banheiro, de propósito.

Deixei que minha irmã fosse embora sem se despedir. A maldade dela não iria me contaminar. Nem a dela nem a do mundo".

Quando li o que minha mãe escreveu, eu, Odara, tive muito orgulho de ser filha dela. Pressenti que minha mãe já era minha parceira. Para Eliseu ou Odara, o que vinha dela era amor. Sei que esse amor, mesmo quando não foi demonstrado, ele estava ali e me sustentava.

A moça pensou perceber um leve tremular na voz gravada no áudio. Teria Odara chorado? A voz trêmula seria um soluço contido?

Na praça, as pessoas olhavam Ester, talvez se perguntassem: "O que faz essa moça chorar?".

Ester talvez ainda não soubesse por que chorou. Talvez tenha chorado por todas as mães que se sentem culpadas pelo destino dos filhos, pela eterna incompletude que vivem as mães por não terem o controle da própria vida após o nascimento dos filhos. Talvez tenha chorado de emoção pela força do amor de Janaína e pela certeza de que seu amor chegava até Odara.

Quarto encontro

Ester e Odara conversavam como velhas amigas. O assunto entre elas dispensava preâmbulos.

— Odara, gostei muito de conhecer um pouco mais sobre sua mãe. Você é tão jovem e já tem tanto para contar. Às vezes, eu penso qual a melhor forma de contar sua história. Eu escrevo o que você contou, ou apenas transcrevo suas falas?

— Para mim, a história é a mesma. As palavras devem ser usadas por quem as conhece — falou assertiva.

— E a emoção? — A voz insegura da moça demonstrava sua dificuldade em prosseguir.

— A emoção está em quem vive, em quem ouve e em quem vai ler minha história. Você é a moça que escreve.

Use sua escrita para emocionar, tocar as pessoas. Estamos fazendo esse caminho juntas. Conte assim:
Texto escrito por Eliseu/Odara:

Biologicamente sou homem. Já estou com dezoito anos. Estou namorando um rapaz, não uma garota. Sinto atração por rapazes. Gosto de corpos de homens, da força de um abraço masculino. Já entendi que sou homossexual, mas entendi também que quero ser mulher na minha aparência, porque dentro de mim já sou. Não quero mais ouvir piadinhas no meio da rua, do tipo "como um homem desse tamanho fica por aí rebolando como uma mulher? Para que essas calças tão apertadas? Pega a trilha cara, se ajusta". Isso me machuca. O mundo é sempre cruel com os diferentes. Ser diferente é carregar uma marca feita pelo outro. É como marcar um animal com ferro quente, o ferro traz a marca que o outro lhe atribui. Sei que é mais fácil ser igual a todo mundo, ser manada. Sei que posso ser ferido muitas vezes. Sou preto, moro na periferia e sou gay. Não sou ingênuo. Leio muito, me informo e vejo como o mundo é injusto.

Sinto uma revolta dentro de mim, uma raiva maior do que eu mesmo. Nasci no terceiro milênio, e às vezes me olham como se eu fosse uma bruxa a ser queimada pela Santa Inquisição. Sinto a necessidade de virar esse jogo, conquistar meu lugar. Eu preciso encontrar meu caminho.

Estou namorando, sinto algo bom, morno e apaziguador quando olho para ele. Percebo uma cumplicidade quando ele me olha e beija minha boca em público. Ele não se envergonha de ser gay e namorar comigo, que sei, sou afeminado. Ele não se importa com minha cueca triangulada marcando a calça branca. Sei também que os hormônios masculinos fizeram bem sua função em mim. Sou um homem bonito, alto e forte. Tenho mais músculos do que gostaria, eles estão em mim, falando da minha genética, mas não do que quero ser ou do que sei que sou. Eu vou ser mulher, vou me cobrir de "glitter" por fora e por dentro. Vou brilhar. Pode escrever!

Tenho pensado muito em conversar com meus pais sobre meu futuro. Vou entrar na universidade, usar o sistema de cotas. Meus pais não foram à universidade, mas eu vou. Quero trabalhar com artes, ser artista, deixar minha alma ser a marca do meu corpo. Deixar uma marca no mundo da minha alma. Vou mudar de sexo também. Aliás, já aprendi que o politicamente correto é dizer "readequação de sexo e gênero". Não será fácil. Mas tenho coragem para enfrentar as dificuldades, chegar aonde o meu desejo me levar. Desejar é poder. Eu sei disso, sinto em mim.

— Ou então, conte como se estivesse vendo um filme... — Odara estava à vontade na condução da sua história.

Ester a ouviu e resolveu seguir a sugestão, escrevendo sobre o namoro com Marcos:

```
Marcos tem 21 anos. Namora Eliseu. Não é
seu primeiro namorado, mas não sabe por que
sente que é o primeiro que precisa proteger,
mesmo que Eliseu seja um palmo mais alto do
que ele. Eliseu é terno e complexo. Eliseu
sabe falar de uma forma que traz as pessoas
para dentro dele. Tem uma transparência quase
infantil e faz um grande esforço para diminuir
sua ingenuidade dentro desse universo que ele
ainda compreende tão pouco. Marcos se enter-
nece ao ver Eliseu treinar sua suposta sen-
sualidade feminina ao passar a língua vagaro-
samente nos lábios.
   Marcos entrou na faculdade de pedagogia há
dois anos, mas já aprendeu muito. Aprendeu que
se deve escutar mais do que falar. Gosta de
deixar Eliseu falar, ficar ouvindo, ouvindo,
e de repente não precisa mais ouvir, pois já
se sente dentro do outro. Ele vê angústia,
dicotomia e a perplexidade de uma alma perdida
entre sonho e realidade, entre o abstrato do
ser feminino e o concreto da sua genética,
presente e incontestável. Incontestável? Mar-
```

cos, por um momento, se pergunta se a genética é realmente incontestável.

Sabe que precisa estar com Eliseu. Gosta dele. Eliseu normalmente é leve, bom contador de piadas, tem um sorriso lindo e fácil. É um bom garoto, os pais lhe deram orientação para ser ético e ficar longe dos maus caminhos. Recomendações importantes para quem vive cercado de violências.

Os pais de Marcos também lhe ensinaram como seguir um bom caminho. Sua avó materna, mulher preta do interior da Bahia que veio morar com a filha na capital, sempre lhe dizia: "Marquinhos, presta atenção com quem você anda. Olhe só, 'quem com porcos se mistura, farelos come'. Uma companhia ruim pode lhe tirar para sempre do seu caminho. E tem mais, quando um preto e pobre cai no mau caminho, a lei é sempre mais dura. Sou sua avó, já vi muita coisa neste mundo. Tem muita gente ruim. Tenha os olhos sempre abertos!".

Marcos amava muito a avó, e foi ela a primeira a saber quando entrou na universidade. "Veja vó, estou indo pelo caminho certo." Também foi sua avó a primeira pessoa da família que conheceu Eliseu. Pediu à avó para fazer um bolo de carimã, pois ia levar uma pessoa para ela conhecer. Estava confiante nos dotes culinários de dona Odete e na capacidade de entender sua escolha. O amor da avó sempre o guiava como farol em noites de tempestades. Tempestades da alma.

Quando Marcos chegou com Eliseu, a mesa já estava posta com o bolo e café quentinhos. Só dona Odete estava em casa. A mãe de Marcos não tinha voltado do trabalho.

— Vó, esse é Eliseu, ele é...

— Seu amigo, colega de faculdade? — perguntou sem perder tempo.

— Na verdade, ele é...

— Marquinhos, o bolo está quentinho. Vamos aproveitar e comer logo.

Marcos entendeu que era hora de recuar. Dona Odete precisava se acostumar para entender toda aquela situação. Ficaram os três ao redor da mesa falando de banalidades, até que dona Odete perguntou:

— Vocês não são só amigos, não é? — A voz parecia suplicar para não ouvir a verdade.

Eliseu sentiu uma vontade de abraçar dona Odete, passar a mão no cabelo branco e encarapinhado e dizer: nós somos apenas amigos. Mas a sua verdade falou mais alto. Procurou o seu melhor sorriso, a voz honestamente suave.

— Dona Odete, nós somos namorados também. A gente gosta um do outro. Um homem gostar de outro homem é tão velho como o mundo.

— Eu sei, sei disso, mas não imaginava que Marquinhos estava gostando de outro homem. Eu sou velha e sincera: preferia que ele gostasse de uma mulher.

Marcos estava mudo. Eliseu percebeu o desamparo dele.

— Dona Odete, eu sou mulher. Já até escolhi meu nome: Odara.

— Odara, Odara, até que é bonito — repetiu dona Odete, incrédula.

— Odara, eu vou continuar sua história, vamos continuar, nós duas juntas. — A moça estava novamente animada.

— Quando eu não puder me encontrar com você, eu gravo e você ouve e escreve. Vou começar minha semana de provas.

— Combinado! — Piscou cúmplice para Odara.

PARTE 2
As pontes

Primeiro áudio de Odara

Odara: *Ester, ouça o áudio e escreva assim.*

A voz de Odara demonstrava sua determinação de que sua fala mantivesse a verdade da sua vivência ao ser transcrita.

Odara: *Vivo como se eu não fosse uma pessoa inteira e real. Sinto que existem dois mundos, o mundo que transborda dentro de mim e que já não cabe no meu corpo e o mundo dos que me veem e me julgam. Tenho vomitado tudo que como. Vomito muito mais que comida, vomito dores, preconceitos e a hipocrisia da sociedade. Quando vomito sinto que sou mais leve e mais livre.*

Meu corpo cada vez mais ganha formas masculinas, ninguém pode conter a natureza dos hormônios.

Mas sei também que ninguém pode conter a natureza humana. Estou dividido no meu desamparo e solidão.

Sofro a cada amanhecer quando me olho no espelho e vejo os fios de barba apontando. Depilo com lâmina de barbear, mas vou experimentar usar cera. Sei que dói, mas não pode doer mais do que a angústia de não encontrar um espaço no mundo para ser, existir e não precisar provar nada a ninguém. Meu inferno é diário.

Não sou ignorante. Tenho lido sobre transexualidade na internet. Ser mulher, pensar, agir e sentir como mulher está em mim. Não foi escolha. Simplesmente aconteceu. Aconteceu também com a icônica Roberta Close e ela sobreviveu e se fez mulher. Existem muitas pessoas como eu. Não se trata de escolher, se trata de ser.

Sou.

Outro dia, assisti com Marcos ao filme "A garota dinamarquesa", que conta a história de Lili Elbe, que nasceu homem e foi uma das primeiras pessoas a fazerem a cirurgia de mudança de sexo na década de 1920 do século passado. Eu me vi no sofrimento de Einar na descoberta de que queria ser Lili. Reprimido na sua inadequação, Einar conviveu com a depressão e reconheceu que Lili era seu caminho para reencontrar a alegria de viver. Eu quero encontrar meu caminho, antes que a minha mente e a minha alma adoeçam.

Marcos viu que o filme me perturbou. Viu nos meus olhos a umidade da emoção. Ao segurar minha mão, sentiu meu medo se liquefazer em suor frio. Apertou mais minha mão e quase perguntei: você vai me apoiar como Gerda apoiou Einar? O seu amor é capaz de sobreviver a todas as dores que terei que viver para deixar de ser Eliseu e passar a ser apenas Odara? Será seu amor suficiente? Por favor, diga que sim. Preciso de você.

O olhar de Marcos me confortou, talvez ali estivessem as respostas para as perguntas que não cheguei a dizer. Mas o meu corpo suava, um suor pegajoso me molhava as costas, peito e descia pela minha barriga. Meu sexo se encolhia no meu corpo úmido, amofinado pelo temor que tomou conta de mim. A minha voz estava silenciada, mas meu pensamento gritava: tenho medo de ficar só. Tenho medo de adoecer a minha mente para salvar meu corpo, ou será o inverso? Acho que já estou ficando doente no corpo. Como eu vou me salvar?

Instintivamente apertei a mão de Marcos com mais força. Ele me abraçou. Eu desejei dormir para sempre naquele abraço.

Ester pensava em todo o sofrimento contido nas palavras de Odara. Pensava no apoio que ela buscava em Marcos, como se ela ainda fosse uma menina que precisasse ser cuidada.

Alguns dias depois, Ester escreveu após ouvir outros depoimentos de Odara. Decidiu contar como se fosse um filme. Talvez fizesse assim outras vezes.

Marcos estava preocupado. Após um ano de namoro, Eliseu, em busca de formas femininas, entrou em um processo de anorexia, chegando a perder quase vinte quilos em poucos meses. Vomitava tudo que comia. Às vezes, Marcos o via levantar-se da mesa e pedir para ir ao banheiro. Voltava pálido, suando muito. Tinha certeza de que ele havia forçado o vômito. Dedo na garganta ferindo o corpo e a alma. Intuitivamente soube que Eliseu, na busca de Odara, estava vivenciando a disforia de gênero. O corpo estava sendo penalizado.

Olhava para Eliseu e não o reconhecia mais. Era um corpo amorfo, indefinido e prostrado pela angústia de não poder existir.

— Eliseu, seu adoecimento não pode ser o caminho para o que você quer. Para ser mulher não precisa se maltratar. Tem que haver outra saída. — No tom rouco da voz de Marcos, o amor se misturava com o temor de perdê-lo.

— Você quer me ajudar? Comece não me chamando de Eliseu. Eliseu vai deixar de existir. Quero que você me chame de Odara. Odara, Odara.

De repente, Odara dançou, rodopiou diante de Marcos. O corpo emagrecido dava-lhe uma leveza quase etérea. Espectral. Incômoda.

Marcos não gostou do que viu. Não era mais Eliseu. Ainda não era Odara.

Marcos se sentiu responsável por Eliseu/Odara. Não era apenas amor, era solidariedade humana. Vontade de se permitir cuidar do outro e de admitir seus próprios medos. Tomou coragem, pensou antes de falar, escolheu as palavras.

— Eli... quero dizer, Odara, você precisa ser ajudada. Essa perda de peso, esses vômitos, tudo isso não vem do corpo, vem da mente. Você já ouviu falar de anorexia nervosa?

— Sim, eu leio e estudo também — falou reativa. A boca carnuda se destacava na face emagrecida, macilenta, quase sem bochechas. Cuspia raiva sem endereço certo, mas queria atingir o mundo.

— Pois é, então já deve saber que esse tipo de doença também mata... — sussurrou ao final da frase.

Os olhos redondos e assustados de Odara lhe davam um ar de bezerro desmamado. Subitamente, movida pela exaustão do seu descontrole, se jogou nos braços de Marcos e ele sentiu no ombro o calor úmido das lágrimas dela. Depois, veio a emoção convulsiva de uma mente confusa e desesperada. Ela tremia.

— Estou aqui com você. Vamos encontrar um caminho. — Marcos enxugou as lágrimas de Odara com o dorso da própria mão.

Procuraram se informar mais sobre disforia de gênero. Leram muito sobre o assunto. Juntos tomaram a decisão de procurar acompanhamento psicológico e físico para iniciar o processo de mudança de gênero. Marcos foi a mão que Odara precisava segurar para seguir adiante. Ela se sentia encorajada por aquele amor despido de julgamentos.

Segundo áudio de Odara

Odara: *Eu quero dizer que vivi a disforia de gênero; vivi, sim. Eu procurei acompanhamento especializado. Eu sou sobrevivente. Fale disso. É necessário.*

A voz de Odara era incisiva.
A moça que escreve obedeceu.
Marcos e Odara começaram a pesquisar os serviços gratuitos onde ela poderia ser atendida. Viram um anúncio no Instagram sobre um estudo na área de psicologia que fazia acompanhamento de indivíduos transgêneros. Todas as informações, horário, local das entrevistas foram anotados por Marcos. Estava comprometido em ajudar Odara. Ela apenas se deixava levar.
O nome da profissional era Magali, mas Odara rejeitou chamá-la assim. Sua rejeição à comida era tão grande, que não gostava sequer de pensar na voracidade da personagem comilona das histórias em quadrinhos de Mauricio de Sousa. Preferia a empoderada Mônica. Assim, nos seus pensamentos, ela seria avaliada pela dra. Mônica. No seu coração, a chamaria assim. Sempre.
No primeiro encontro, Odara se sentia no meio de uma brincadeira de rato e gato. Desviava-se das perguntas, sentia vontade de mentir, dizer que não vomitava, que não perdeu peso. Não contou que passava horas trancada no quarto e que dilacerava a alma em arranhões

nos próprios ombros com as unhas longas até que visse o sangue correr. Negou que passava noites insones com crises de taquicardia e aperto no peito, só conseguindo dormir quando já era dia. Teve vergonha de contar que tomava três banhos por dia para poder viver a ausência dos próprios odores. Detestava seu cheiro de homem. Também não contou que, às vezes, passava 48 horas trancada no quarto sem se alimentar, apenas dormindo ou fingindo dormir. Nem a presença de Marcos a animava.

O mundo lá fora era seu maior inimigo.

Fugia de si e da sua história. Fugia do que mais desejava.

A doutora a deixava falar ou calar-se e retomava o assunto de uma forma branda e assertiva. Odara não se sentia despida pelo olhar da psicóloga, mas revestida de respeito e empatia. A paciência e o acolhimento foram vencendo a desconfiança de Odara.

Os encontros se tornaram semanais. Odara passou a ansiar por aquelas sessões em que se desnudava sem o julgamento social. Não temia a farpa do olhar do outro. Confiava na doutora, estava bem naquele ambiente onde ela ainda tinha Eliseu no corpo e era reconhecida como Odara na forma de existir e resistir.

Pouco a pouco, Odara foi se permitindo comer melhor. Vomitava menos, ganhou um pouco de peso. Começou a exibir a barriga depilada em tops e calças justas, de cintura baixa. Dra. Mônica nunca teve um olhar de estranheza ou recriminação. Assim, Odara se sentia fortalecida.

Mulher.

Entrou no consultório sem o peso da tristeza. O sorriso primeiro apareceu nos olhos, nos lábios pintados depois. O batom vermelho-cereja aumentava o brilho que ela irradiava. Nova energia para um desejo antigo.

— Doutora, estou decidida, quero começar o processo de hormonização, quero ser Odara também por fora. Conversei com Marcos, ele está apoiando a minha decisão. Ele também percebeu que não posso continuar assim. Eu me sinto psicologicamente mais fortalecida e acho que posso seguir adiante com o que mais quero: ter um corpo que represente o que sou.

— Que bom, Odara, que você tem o apoio de Marcos, fico feliz. E os seus pais? Conversou com eles?

— Não diretamente sobre iniciar o processo de transição de gênero. Mas, como já lhe contei, eles sabem que desde criança quero ser mulher. Eles viram o que vivi nos últimos meses antes de vir aqui. Eles viram Eliseu murchar... mas, já estou decidida, já não preciso da autorização deles. Sou maior de dezoito anos.

— Odara, nós estaremos juntas nesse processo. Seria muito bom para você que seus pais também estivessem ao seu lado, compreendendo e apoiando-a nesse caminho. Não será muito fácil, inclusive tem etapas que podem ser muito complicadas tanto física como psicologicamente. Converse com eles. Será muito importante para todos vocês. Tenho acompanhado outras pessoas como você, e, se a família segue junto, acolhendo, os resultados são sempre melhores.

Odara sentiu que não era apenas a doutora que lhe falava. Não importava mais o seu nome. Viu uma mulher preta como ela, uma profissional que acolheu seu sofrimento por meses e que agora acolhia seu desejo, sua decisão, e a aconselhava quase como uma mãe. Pensou em Janaína, às vezes, confusa em opiniões, mas firme em afetos. Mesmo quando não a compreendia, sentia que a mãe nunca deixou de amá-la. Uma onda morna invadiu seu peito desnudo de seios. Transbordava.

— Doutora, posso abraçar você?

Antes que respondesse, a doutora se viu envolvida no calor de um abraço com cheiro de jasmim.

Terceiro áudio de Odara

A moça ouviu a gravação. Escreveu sobre o pai de Odara.

Escreveu sobre o passado e sobre o futuro.

Desde que Eliseu nasceu, Osório experimentou um sentimento ambíguo por aquele filho. Sem entender a razão, tinha uma mistura desequilibrada de amor e rejeição. À medida que Eliseu foi crescendo, a rejeição foi aumentando, e o que restava de amor submergia na angústia que lhe apertava o peito toda vez que o menino brincava de ser menina, cantora ou bailarina. Para não deixar de amá-lo de vez, foi se afastando e deixando toda a responsabilidade de educá-lo para Janaína. Porém muitas vezes, quando o filho dormia, entrava no quarto e segurava a mão de dedos roliços e beijava-lhe as bochechas. Sonolento, Eliseu abria os olhos e via lágrimas se perderem no rosto sulcado do pai. Sentia que o que via era amor e voltava a dormir em paz.

Quando Eliseu começou a andar, como era muito gordinho e com pés chatos, tinha dificuldade de caminhar com os sapatinhos para sua idade. Um dia, Janaína levou Eliseu na casa de uma prima e lá ele molhou os sapatos com urina. A prima emprestou uma sandália da filha que tinha a mesma idade de Eliseu. Surpresa! Eliseu andou muito bem com as sandálias femininas. Janaína trouxe Eliseu com aquelas sandalinhas para mostrar ao pai como ele estava conseguindo andar melhor. Felicidade não foi exatamente o sentimento de Osório. Ordenou que Janaína tirasse as sandálias de Eliseu imediatamente. Como Janaína se manteve inerte diante da sua rude reação, o próprio Osório arrancou as sandálias dos roliços pezinhos de Eliseu e as atirou longe. Segurou Eliseu no colo e, sacudindo-o, lhe disse: "Escuta, Eliseu! Você é homem! Homem! Entendeu?".

Eliseu chorou.

Na adolescência de Eliseu, a conversa entre eles, que já era escassa, passou a ser telegráfica. Mas Janaína era boa informante e não deixava Osório ignorar nenhum passo do filho. Era estranha a dualidade de ser um pai que se afastava para não saber, mas condenado a tudo saber.

Naquela manhã, Osório estava especialmente ansioso. Eliseu, que agora era chamado de Odara e andava frequentando psicóloga, pediu para conversar com ele e Janaína. Era sábado, nem Osório nem Janaína iriam trabalhar.

Eliseu pediu ao pai e à mãe para que conversassem no quarto deles, logo após o café da manhã. No café da manhã, Eliseu apareceu com bermuda e camisa folgada, ambas brancas. O cabelo crespo preso em um rabo de cavalo, os lábios pintados de rosa-goiaba. Osório quase sentiu o cheiro da fruta. Nunca gostou de goiaba e não gostava da boca rosada de Eliseu.

Tomaram o café em silêncio, não se olhavam diretamente. Mesmo Janaína apenas espreitava o rosto do filho em busca de uma pista. Mas os redondos olhos de Eliseu se perdiam no xadrez vermelho e branco da toalha de mesa.

Eliseu levantou-se e, com inesperada segurança, disse:

— Vamos lá no quarto, preciso ter uma conversa muito importante e não quero ninguém por perto.

Continuaram em silêncio, Eliseu caminhando na frente com expressos requebros diante dos pais.

— Pai, acho que esta conversa vai ser mais difícil para você do que para minha mãe. Mesmo que não me diga nada, sei que não gosta do jeito que sou. Mas é assim que sou. Você não tem escolha.

— Assim como? Gay? — Osório procurava ter uma voz natural.

— Pai, sou gay, sim, se você me enxergar como um homem que gosta de namorar outros homens. Mas é além disso. Eu nasci homem, meus órgãos todos são de homem, mas eu me sinto como mulher. Eu sou mulher!

— Isso não existe. Tudo bem, você é gay, rebola como uma mulher, veste essas cuecas que até parecem calcinhas, mas não entendo isso de "sentir que é mulher". — A voz de Osório tinha a veemência irritada de quem não sabe o que falar e tem medo do que pode ouvir.

— Eu rebolo como mulher porque eu me sinto mulher, já sou mulher por dentro e vou ser por fora também.

Janaína, com um olhar incrédulo, com a boca trêmula, perguntou:

— Mulher por fora, como assim? Vai fazer a cirurgia? Vai se castrar como cachorro, gato...?

Eliseu viu também desespero no rosto da mãe. Desespero de ter seus temores confirmados.

— Por enquanto não, mãe. Eu decidi procurar o serviço de saúde público para começar o tratamento para meu corpo ter formas de um corpo de mulher. Usar os hormônios adequados que um médico vai prescrever. Já sofri muito por estar aprisionado em um corpo que não conversa com o que sou. Já decidi. Tenho esse direito.

Osório, pálido, comprimia os dedos das mãos. Não dizia nada. Não via, não escutava. Apenas sentia um incômodo queimor a lhe devorar o coração.

Janaína, tomada por um choro quase epiléptico, abraçou Eliseu:

— Meu filho, não precisa fazer nada disso, fique assim, gay, homem afeminado, bicha, não importa o nome... você será sempre meu filho. Esses tratamentos são muito perigosos e caros. Não me importo que você rebole, namore homens. Você sabe que gosto muito de Marcos.

— Mãe, entenda, é muito mais do que namorar homens. Quero ser vista como mulher, ser respeitada como mulher, ter o direito e a liberdade de me sentir mulher. Mãe, dentro de mim tem uma força que rejeita meu corpo. Eu adoeci, você viu. Estou em acompanhamento psicológico há seis meses, estou compreendendo melhor o que se passa comigo. Com ou sem o apoio de vocês, eu vou fazer o tratamento. Eu queria que vocês soubessem e me apoiassem, mas, se não tiver esse apoio, eu vou procurar em outro lugar, vou embora de casa e vou fazer, sim. Pronto, falei. Estou decidida e aliviada. Mãe, sou Odara. — Eliseu tremia, o batom derretido escorria pelo canto da boca, dando-lhe um ar patético, desamparado, mas os olhos tinham um brilho de batalha ganha. Sabia que a luta estava apenas começando.

Osório chorava, o peito arfava, a língua se prendia entre os dentes, sabia que as palavras que iria dizer estavam lhe custando um esforço enorme. Tantas fraquezas a serem expostas! Respirou fundo, suspirou e seguiu adiante com a voz trêmula.

— Faça o que seu coração pedir, eu lutei muito contra o meu, nunca o aceitei de verdade. Mesmo que lhe doa ouvir e doa em mim ter que dizer, eu nunca o aceitei. Entenda que é difícil para um pai... mas agora você pode decidir seu caminho e sei que ele será muito difícil. Não concordo com sua decisão, acho tudo muito estranho, não compreendo, mas pode contar comigo. Sou um homem simples, de origem humilde, mas vou tentar não ser rude e ignorante. Vou estar do seu lado, serei o pai que nunca fui até hoje.

Janaína saiu para buscar água para Osório. Eliseu, pela primeira vez, abraçou o pai. O calor do abraço lhe deu mais coragem.

— Pai, se você me aceita, me chama de Odara.

Osório olhou para o rosto de Eliseu, viu a barba escura bem raspada disfarçada sob o pó compacto. Eliseu era um rapaz bonito. Seu imenso esforço de ser a mulher que habitava aquele corpo masculino derrubou a última trincheira no coração de Osório. Rendeu-se.

— Odara! — abraçou o filho, apertando mais forte as costas largas de Eliseu.

Janaína colocou o copo com água na banqueta ao lado da cama.

Saiu em silêncio. Não era ela a protagonista daquela cena.

Quarto áudio de Odara

Odara: *Ester, conte sobre um dia feliz na minha vida.*

A moça obedeceu, sentindo em si a felicidade vivida por Odara enquanto escrevia. Ela estava dentro daquela história. Torcia por Odara, pelos seus propósitos e conquistas.

Dia de sol em Salvador. A ansiedade de Eliseu o fez acordar muito cedo. Às 6h já estava pronto para sua primeira consulta. Ela seria no Hospital Universitário, um dos ambulatórios que prestavam assistência a indivíduos que se identificavam como transgêneros. Já tinha passado dos dezoito anos, não precisava de autorização de ninguém.

Estava Odara. Calças jeans *flare*, sandálias estilo rasteirinhas presas ao pé, camiseta florida *baby look*, cabelos crespos presos com fivelas brancas, os lábios brilhavam com um batom acobreado. Queria chegar leve ao hospital, tranquila na sua escolha, não queria parecer uma caricatura de mulher.

O ambulatório era aberto à população, tinha muita demanda. Dois meses de espera até que chegasse o dia da sua consulta. Enquanto esperava o ônibus, pensava: que são dois meses para quem espera há dezenove anos? Mordeu a bochecha para ter certeza de que não estava sonhando. Doeu.

Chegou pontualmente às 7h30 no hospital. Após os trâmites administrativos, seu primeiro contato foi com a enfermeira para a triagem em relação aos aspectos iniciais de saúde geral, psicológica e de questões mais específicas do acompanhamento de indivíduos transgêneros. Viu que sua ficha tinha seu nome de batismo pelo qual foi chamado para o atendimento. Mas ali também estava o espaço para nome social e em destaque. Gostou do que viu. Sentiu que ali talvez fosse o primeiro passo para que Eliseu começasse a diminuir diante de Odara. Eliseu da Rocha Silva em breve seria seu *dead name*.

A enfermeira lhe perguntou com olhos acolhedores por trás de óculos que lhe davam uma severidade desnecessária.

— Qual o seu nome social?

— Odara. — A voz expressava mais que certeza, trazia muita esperança.

— Odara, bonito nome!

— Obrigada — respondeu, afirmando ser mulher.

A enfermeira lhe explicou que, antes de fazer a consulta com o médico, teria que trazer relatório de um profissional da psicologia informando que ela não possuía comorbidades psíquicas que impedissem o início do tratamento.

— O profissional tem que ser daqui do hospital ou pode ser de outro serviço?

— Pode ser de outro serviço, sim. Até facilita, pois temos um movimento muito grande no ambulatório, muita demanda para nossos profissionais.

Os olhos de Odara sorriram. Pensava na dra. Mônica. Sabia que seu movimento iria encontrar o apoio da psicóloga.

Quando saiu do hospital, o sol do meio da manhã lhe queimava a pele. Deixou que aquele calor lhe invadisse o corpo e enviasse luz a cada uma das suas células. Uma nova energia tomava conta dela. Já se via no seu novo corpo. No ponto de ônibus não se incomodou pelos olhares curiosos. Ajeitou os cabelos, tirou o batom e um espelhinho da bolsa e retocou os lábios. Não era provocação, era autoestima renovada. O começo de uma nova vida.

O espelho refletia sua face andrógina com bochechas excessivamente suadas pelo calor do verão. Uma onda de afeto por si mesma lhe aqueceu também a alma. Odara! Sorriu, guardou o espelhinho e entrou no ônibus. Começava a fazer as pazes com o espelho.

Precisava ver a dra. Mônica. Simplesmente foi, sem se preocupar se iria encontrá-la no ambulatório.

A psicóloga estava lá. Recebeu Odara com natural alegria. Escreveu no prontuário de Odara:

"Paciente retornou animada e feliz. Aparência física saudável, psicologicamente bastante estável, motivada. Relatou que vai iniciar o tratamento em um ambulatório de readequação de gênero. Está decidida e se sente apoiada pela família e pelo namorado. Veio solicitar o relatório psicológico necessário para prosseguir o acompanhamento. A consulta foi muito positiva, Odara está pronta para começar o seu processo afirmativo de gênero. Fiz o relatório e, quando o entreguei para Odara, vi no olhar dela a mais verdadeira gratidão. Ela segurou minhas mãos e as beijou. Senti as minhas mãos úmidas pelas lágrimas de Odara. Naquele momento, meu lado humano me tomou de assalto. Não me controlei, meus olhos se turvaram pelas minhas próprias lágrimas. Nada disse, abracei Odara como se abraçasse a minha própria filha adolescente que estivesse prestes a concretizar um sonho".

Odara, com uma ingênua surpresa, lhe disse:

— Obrigada, a senhora foi e sempre será a pessoa mais importante nesse meu novo caminho.

Dra. Mônica sorriu.

— Nem tanto, Odara. Siga em frente e vá ser feliz. O mundo precisa de gente feliz.

Odara sorriu de volta. Caminhava leve, nenhum peso a mais.

As palavras da psicóloga ecoavam na cabeça de Ester enquanto ela escrevia: o mundo precisa de gente feliz.

Ester repetiu em voz alta para si mesma: o mundo precisa de gente feliz!

Quinto encontro

Odara: *A sequência da história quero lhe contar pessoalmente. Muito importante.*

A moça não perguntou o porquê.

Moça: *Às 17h30, no mesmo café. Combinado?*

Odara: *Ok.*

Quando a moça chegou, Odara já estava sentada e bebendo suco de abacaxi com hortelã. A moça pediu limonada suíça.

Odara começou a falar como foi o seu tratamento médico para redefinição de gênero. A moça fez anotações em seu caderninho. Não precisava perguntar muito, Odara falava com uma certa ansiedade para deixar tudo claro, detalhes eram importantes. Mais tarde, a moça escreveria:

Finalmente tinha chegado o dia de fazer a consulta médica. O relatório psicológico já tinha sido entregue e avaliado. Não havia nenhum impedimento para ela se tornar elegível para o tratamento.

O médico foi muito atencioso durante a entrevista. Durante o exame físico, teve o cuidado de que Odara não se desnudasse por inteiro. O exame foi metódico, apenas descobrindo cada parte a ser examinada. O exame dos órgãos genitais foi realizado de forma muito natural, mas ainda assim um leve constrangimento a acometeu. Um pensamento a atormentava: no meu sexo ainda sou Eliseu. Até quando ele existirá em mim? Pergunta que lhe farpava, feria. Ainda perdida na bruma das suas inquietações, ouviu o médico dizer:

— Odara, pode se trocar.

Ele disse Odara. Ela se aqueceu por dentro.

Trocou-se com alívio. Voltou a sentar-se diante do médico, que lhe explicou o tratamento, os possíveis riscos, efeitos colaterais. Ouviu atentamente, e, ao pensar em Eliseu, que ainda existia no seu corpo, mais do que nunca desejou começar o tratamento. Sequer pensou em qualquer efeito colateral ou nas mudanças que viveria a partir daquele dia.

Entendeu que o tratamento consistiria em usar medicações que bloqueariam os hormônios masculinos e outros que seriam como hormônios femininos. Os primeiros seriam dados gratuitamente, pois o serviço os tinha disponíveis, os hormônios femininos teriam que ser adquiridos por ela.

O médico explicou que o tratamento precisava ser contínuo e com acompanhamento regular. Assim, a aquisição de alguns medicamentos poderia ter um custo alto para alguns pacientes.

Odara, confiante, disse:

— Doutor, não se preocupe. Vou usar o que for necessário. Já estou na universidade e logo vou começar um estágio remunerado.

Recebeu sua receita como um passaporte para uma viagem muito sonhada. Sabia que era apenas o começo daquele caminho. A cada passo, uma importante conquista. Cada momento teria sabor de vitória.

A cada dia seria menos Eliseu e mais vista como Odara.

Ao sair da sala do médico, viu na recepção do ambulatório muitas outras pessoas como ela, inadequadas nos seus corpos, com o sofrimento marcado na carne e na mente. Muitas com os olhos cheios de esperanças, outras marcadas por um intenso desamparo. Todas divididas entre o corpo em que nasceram e o corpo que precisavam ter. Algumas pareciam ter mutilado a própria alma, outras exalavam uma vitalidade brutal. Todas lutavam por suas vidas, seus propósitos.

Uma súbita vontade de abraçar cada uma delas a invadiu. Estavam irmanadas naquele destino e em tudo que ele continha. Era um caminho difícil, ela poderia dizer-lhes, mas também anunciar: "Vejam, estamos conquistando cidadania e respeito. A saúde pública possibilita que sejamos acolhidos e que possamos seguir com dignidade. Eu nasci biologicamente homem, e não me sinto assim, me sinto mulher. Agora, tenho a chance de não sofrer mais por isso, fazer com que meu corpo seja reflexo de como me sinto, não uma oposição. Vamos continuar. Vamos mostrar que o que somos não nos machuca, pois já temos caminhos a seguir. Preconceito é o que mais dói, e o preconceito acaba quando temos direitos garantidos".

Lembrou-se do coleguinha de infância que tinha lábio leporino e tinha o apelido de "boca errada". Quis voltar no tempo e dizer-lhe "Você não é somente sua boca". Ela é apenas uma parte do seu todo. Sua boca não pode defini-lo, assim como o meu sexo, o meu pênis, não pode ser tudo que sou.

Não quero ser limitada pelos meus órgãos sexuais.

Saiu caminhando sem pressa pelos corredores do hospital que para ela tinha se tornado um espaço mágico. Sentia-se meio gata borralheira prestes a se transformar em Cinderela. A varinha de condão estava na sua bolsa de ráfia: uma receita médica.

Na porta do hospital, uma surpresa: Marcos.

— Odara, minha aula terminou mais cedo, resolvi vir encontrar você. E como foi a consulta?

Odara nada disse. Puxou Marcos para perto de si e o abraçou com a força de Eliseu e a ternura de Odara. Marcos sentiu a aspereza da pele mal barbeada e depois a maciez dos lábios dela. Amava Odara. Sentia que era amado.

Gotas de chuva molharam aquele beijo. Deram-se as mãos e juntos correram até o ponto de ônibus, ensopados e felizes.

Quinto áudio de Odara

Odara: *O que vou lhe contar é muito doloroso para mim. Escute quantas vezes precisar, pois precisei interromper muitas vezes o que eu falava para respirar e seguir adiante. Como você é "a moça que escreve", prossiga com minha história.*

Marcos pensava em Odara. Já tinha três meses que ela havia começado o tratamento com hormônios, muitas mudanças, emoções que se materializavam de forma incômoda. Pensava no que tinha acontecido na véspera.

Odara se despia para ele. Queria mostrar-lhe a evolução do tratamento. Exibia-se desprovida de volúpia, apenas orgulhosa do novo corpo que se delineava. Marcos viu as mamas brotando como seios de adolescentes, ainda embrionários, mas já dizendo "estamos aqui" com os mamilos túrgidos, úmidos. Odara estufava o tórax para as mamas ficarem mais visíveis, como pequenas flores a serem beijadas. No meio do tórax, os pelos estavam mais escassos e frágeis, mas alguns fios escuros presentes lembravam que Eliseu ainda existia.

Marcos desejou o corpo de Eliseu. Sentiu uma vertigem e o sangue preencher todos os seus vasos. Uma excitação sem prazer, dolorosamente desconfortável, assumiu todo o seu corpo. Seus olhos estavam turvos.

Odara se aproximou dele, viu desejo onde havia dor. Despiu-se completamente, as mãos deslizavam sobre o corpo de Marcos tentando que ele se despisse também. Sentia o desejo sob o short branco. O corpo de Marcos estava quente. Encostou-se nele, roçando os mamilos no tórax agora desnudo do namorado. Tentou beijá-lo. Marcos desviou o rosto, fechou os olhos, retirou as mãos de Odara do seu short. Como se estivesse sendo chicoteado e precisasse fugir, se levantou cambaleante, bateu a porta do quarto e saiu sem se dar conta de que estava sem camisa e descalço.

Precisava respirar. Faltava-lhe o ar. Ainda lhe queimava na pele a túrgida excitação dos mamilos de Odara. Sentiu algo subir pela garganta e, sem poder mais se conter, vomitou no meio da rua. De repente seu corpo e sua mente estavam vazios, não tinha mais força, não tinha orientação. Espantalho de si mesmo.

Amparou-se nas paredes até sentir que podia caminhar. Os pés descalços doíam na aspereza do asfalto irregular. Não se incomodou com a dor física, a confusão de sentimentos lhe entorpecia os sentidos periféricos. Por dentro, tudo era tempestade.

Andou sem se incomodar com os olhares de surpresa das pessoas.

Em casa, no chuveiro, esfregou o corpo em frenesi. Pensar em Odara, na dicotomia daquele corpo em transformação, o aterrorizava. Não se via nesse futuro. Sua alma repartida, seu amor confundido. Com a água correndo sobre seu corpo, sua angústia também desaguou. Chorou por ele, por desejar Eliseu e por amar Odara.

A tristeza acompanhou Odara no dia seguinte ao encontro com Marcos. Pensava no olhar dele. Não viu surpresa naquele olhar. Viu uma verdade inesperada, cruelmente viva na disputa entre o desejo do corpo e a vontade da alma. Entendeu que o que brotava no seu corpo como Odara rompia todas as certezas que eles tinham imaginado naquele novo caminhar juntos.

Não compreendia.

As perguntas, ainda que confusas, a feriam e penetravam os sentidos como lâminas afiadas. Será que Marcos não gostou do seu novo corpo? Seu cheiro tinha mudado por causa das novas medicações, usava estrógenos na pele, será que esse novo cheiro não era agradável? Sozinha no quarto, ela se cheirava nas axilas, mas nada lhe parecia estranho, tinha o mesmo cheiro de sempre, nem o desodorante tinha mudado. Sua voz estaria diferente? Não, continuava rouca e grave. Sua genitália continuava inteira, funcional. O que teria causado tamanho desprazer e sofrimento em Marcos?

Olhou-se no espelho. As mamas estavam ali, pequenas, tímidas, suficientemente presentes para fazerem Odara acreditar no seu corpo feminino. Eram alvissareiros sinais que diziam que o corpo de Eliseu deveria desaparecer em breve, entre mamas, diminuição de pelos e uma pele mais sedosa. Como ela poderia ser rejeitada por Marcos, se ela se sentia mais desejável e mais pronta para ser amada como a mulher que sempre foi? Ela sempre foi Odara. Mulher.

Na cabeça e no coração de Odara, o que via era sua essência viva passando a ter voz e vez, através da sensação de rosas vivas que desabrochavam a cada suor seu. Embora lhe doesse, a reação de Marcos lhe dizia que sua mulheridade se concretizava.

Um pensamento súbito, talvez delirante, uma fissura rompia seu futuro. E se Marcos não conseguisse amar o corpo de Odara? E se ela tivesse que escolher entre ter Marcos e ser Odara?

Naquele instante, se viu trêmula diante do espelho. Viu os ombros fortes com músculos bem delineados se curvarem diante do Eliseu que ainda habitava ali. Eliseu era bonito. Forte e com delicadezas cativantes, sorriso meigo, quase infantil. Encarou de frente o espelho, mordeu a boca até sangrar. Engoliu o sangue, nutriu sua coragem. Odara iria sobreviver.

— Odara, minha filha, está tudo bem?

Era a voz de Janaína do outro lado da porta do quarto. Janaína que disse "minha filha", Janaína que a chamou de Odara. Janaína que era mãe de Eliseu. Janaína mãe de Odara.

Um morno conforto acalmou seus medos. No colo da mãe, poderia chorar se fosse preciso. Procurou no seu vocabulário baiano a palavra mais doce para responder a Janaína.

— Sim, "mainha", está tudo bem!

— Você não tomou o café da manhã. Não vai para a faculdade?

— Para a faculdade, não, mas vou tomar café.

Odara se vestiu com calças *flare* e camiseta estilo *baby look*. Saiu sem se olhar no espelho.

Na sala, ao se encontrar com a mãe, perguntou com olhos inundados de súplica:

— Mainha, quando você me olha, você vê Eliseu ou Odara?

Na cumplicidade inata das mães, Janaína não teve dúvidas.

— Claro que vejo Odara. Você é Odara. Eliseu continua aqui. — Apontou para o próprio peito.

Odara sentou-se à mesa e com inabitual voracidade comeu cuscuz, banana frita e um pedaço de bolo que Marcos tinha trazido para ela, um dia antes, presente de dona Odete. Receber um pedaço de bolo da avó de Marcos significava muito para Odara, pois percebia que naquele ato existia uma aceitação do que ela era, uma aceitação do que ela e Marcos sentiam um pelo outro. Odara se sentiu acolhida. Porém, pensar no afeto que tinha por dona Odete, no seu amor por Marcos e no acontecimento da véspera a fez subitamente perder o apetite. A xícara com café e leite ficou pela metade, assim também ficou sua alma.

Sexto áudio de Odara

Odara: *Está sendo muito difícil continuar esta parte da minha história, mas sei que tenho que prosseguir e você também. Nem toda história de amor tem final feliz...*
Gosto da forma como está escrevendo sobre mim, sobre Marcos.

Marcos e Odara voltaram a se encontrar, mas as palavras não ditas geravam um enorme ruído entre eles. A voz do silêncio se expressava em irritabilidade em Odara e em morna apatia em Marcos. Ela buscava justificar sua irritabilidade e intolerância pelo uso dos hormônios e dizia para Marcos: "Eu estou como uma mulher em constante TPM". Ele justificava seu desinteresse pelo cansaço da faculdade agora acumulado com um estágio. Evitavam se tocar, evitavam discutir o visível desconforto entre eles. Continuavam juntos, olhando um para o outro e tentando virar o rosto para o futuro que se aproximava.

Mas o amor é caprichoso, tem desejo próprio. O desejo do amor de Marcos era por corpos masculinos, com cheiro e músculos impregnados de testosterona. O processo de hormonização estava encolhendo Eliseu e fazendo surgir Odara. Quanto mais Odara aparecia, menos Marcos a desejava. A ausência do desejo era um incômodo quase palpável na relação que perdia a cor. Lua minguante entre eles.

Odara sentia falta do corpo de Marcos.

Marcos desejava o corpo de Eliseu.

A existência de Eliseu era o passado; a de Odara, o futuro. Ela sabia disso.

A angústia de qual caminho seguir não a impedia de pensar. Precisava ver Marcos. Confirmar a certeza que se delineava dentro dela. Um broto a ser sufocado ou deixar florescer.

Decidiu ir se encontrar com Marcos naquele momento em que a angústia a maltratava por dentro e por fora. Seu corpo precisava de um coração que não se esgarçasse naquele necessário embate. Enrijeceu a couraça e foi.

A mão pesou na campainha da casa de Marcos.

Vó Odete abriu a porta, um pouco nervosa pela estridência da sirene.

— Que foi, Odara?

— Desculpe aí, vó Odete! Preciso falar com Marcos.

— Ele está no quarto. Chegou já tem tempo, disse que iria tomar um banho. Vá lá!

Odara tocou a maçaneta da porta que não estava trancada. A janela do quarto aberta deixava entrar uma brisa que aliviava o calor de fim de tarde no verão da Bahia. Raios de luz acobreados brincavam sobre o corpo semidesnudo de Marcos, que dormia. Estava apenas de cueca; o tórax exposto, sem pelos, deixava os músculos bem delineados em compasso com a respiração tranquila. A mão direita sobre o sexo como se quisesse protegê-lo, e o braço esquerdo cobria os olhos. Odara não pôde deixar de amá-lo. Marcos tão desamparado e vulnerável e, ao mesmo tempo, tão em paz.

Em silêncio, ela tirou a calça jeans e a camiseta branca. Permaneceu com o top branco e uma calcinha estilo *hot pants* que marcava a cintura e contrastava com sua pele cor de café. Deitou-se ao lado de Marcos e desenhou na memória cada traço do seu rosto enquanto a tarde caía. Já não tinha certeza do que falaria. Com cuidado se encostou nele para sentir o calor daquele corpo do qual o seu guardava tantas lembranças. Adormeceu.

Marcos despertou. Viu Odara, que dormia. Viu as mamas se desenhando sob o top; a calcinha de *lycra* grossa e a penumbra escondiam o sexo. Viu a pele de Odara brilhando macia pela ausência total de pelos. Viu o *mega hair* com tranças africanas que desciam até a cintura, de onde os largos quadris pareciam espontaneamente nascer. Viu uma mulher.

O corpo se contraiu e ele se afastou de Odara. Não gostava mais de sentir o cheiro enjoativo de perfume floral do pescoço dela. Olhou mais uma vez, mais uma vez, viu uma mulher. Bela. Uma mulher.

O estômago de Marcos se contraiu. Teve medo de vomitar.

Sentia as mãos suando. Sensação de cabeça vazia. Odara se mexeu. A ela faltava o calor de outro corpo.

— Marcos...

— Não diga nada, Odara. Eu que preciso falar.

Odara buscou novamente o corpo de Marcos.

— Não, não encoste em mim.

Odara pressentiu o que estava por vir. Na penumbra, ela abraçou os próprios joelhos e se encolheu no canto da cama. Longos minutos de silêncios, ouviam-se apenas as buzinas de carros na rua. Eles não ousavam mais falar.

Marcos de pé no meio do quarto despenteava os cabelos encaracolados. Sua voz saiu monótona, mas firme. Não tinha mais desespero. Tinha decisão.

— Não posso continuar com você! Não é por falta de amor. Mas preciso falar. Quanto mais seu corpo se aproxima de um corpo feminino, menos eu sinto desejo por você. Eu sou gay; homens, ainda que afeminados, bichas, me atraem, não mulheres. Essa é a minha verdade! A cada dia, eu a admiro mais, respeito sua coragem, mas a desejo menos. Eu a apoiei desde o início nesse processo, mas é mais forte do que eu e do que penso que sou, do que sinto. Não se preocupe, não vou lhe pedir para interromper o tratamento... não devo, não tenho esse direito... — falava rapidamente, temia perder a coragem de dizer tudo que sentia.

Dentro dela, algo se partiu ao ouvir Marcos. Estava apaixonada. Tinha sonhado um futuro com Marcos. Sabia que iria doer. Mas se conhecia o suficiente para saber dos próprios caminhos, das próprias dores. Sua história já acumulava muito sofrimento. Ela já tinha decidido ter um corpo de mulher. Já era mulher. Amava Marcos, mas não iria interromper o tratamento. Odara precisava nascer do Eliseu que a cada dia existia menos. Ela suportaria a dor de perder Marcos, mas não se perderia de si própria. Esse era o seu destino.

A voz rouca se amofinou, falou quase em sussurros.

— Marcos, isso é o que você quer?

— Sim, Odara. Isso é o que eu quero, o que meu corpo quer. Você vai ficar comigo sem que eu a deseje? Diga! Eu não posso viver com você sem desejar seu corpo, sem sexo. Meu corpo recusa o seu. Meu corpo vai querer outros corpos. Eu não quero ferir você, não quero nos trair. Vá embora, Odara.

Marcos lhe deu as costas e passou a olhar através da janela.

Ela vestiu a roupa em silêncio. Mais uma vez, a mulher que não sangrava para fora sangrou dentro dela. Sentiu seu corpo amiudar-se diante da rejeição de Marcos. Não olhou para ele. Não bateu a porta.

Saiu com os ombros curvados pelo peso da sua decisão. As pernas também pesavam ao atravessar o corredor.

Sua mente tentava compensar o sentimento de abandono que sentia naquele caminhar solitário. Já não era a primeira vez. Estava aprendendo que toda escolha se antepõe a uma não escolha. Estava aprendendo a perder para ganhar. Ganhar mamas e formas mais arredondadas era parte do que queria. Poder se ver no corpo de mulher lhe dava a certeza e o conforto de que seguiria tranquila. A certeza da transformação física pela qual estava passando a ajudava a pensar no futuro. "Odara terá um futuro", se dizia como consolo. Era sua carta de barganha consigo mesma.

Passou pela sala sem pressa. Dona Odete não estava lá. Melhor assim.

Olhou a mesa posta, bolo e cuscuz prontos para o café da noite. Doeram-lhe os sentidos. Sentiu o cheiro do cuscuz quentinho, as pupilas se impregnaram da cor dourada do bolo de milho. Registrou-os na memória.

Era uma despedida. Saiu.

Odara não foi à faculdade desde que ela e Marcos deixaram de se ver. Três dias vagando pela casa, sem falar com ninguém. Passou horas dormindo, sem comer. Emagreceu. Entendeu que Marcos foi verdadeiro com ela. A compreensão da realidade não a impedia de sofrer. Sofria por perder Marcos justamente quando estava ganhando a cada dia a mulher que já era. Sofria por perder suas certezas.

Janaína percebeu a mudança no comportamento de Odara. Como mãe, temia um novo quadro de anorexia nervosa, bulimia, depressão. Temia que ela perdesse disciplinas na faculdade, que se desestimulasse dos estudos. Odara seria a primeira da família a ter diploma universitário, e a mãe tinha muito orgulho dessa conquista. Tinha medo de perder Odara, a filha que já incluíra na sua vida.

A mãe que pariu Eliseu também pariu com ele a certeza de ser Odara. Era mãe da metamorfose de um corpo e da vulnerabilidade de uma alma que na sua essência queria apenas ter o direito de ser, existir.

Bateu na porta do quarto, decidida.

— Odara, posso entrar?

— Sim.

Entrou. Odara estava ainda com roupa de dormir: uma camiseta grande e um short folgado. Apenas se adivinhavam as mamas sob a blusa. As pernas bem depiladas eram femininas. Os olhos com olheiras, o rosto já completamente imberbe e a tristeza na curva do lábio lhe diziam que ali estava uma mulher. Uma mulher que sofria e pedia cumplicidade de outra mulher.

O corpo frágil da mãe abraçou o corpo forte da filha. Acariciou-lhe os cabelos e percebeu que o *mega hair* começava a se desfazer em alguns pontos.

Janaína tentou uma aproximação com assunto trivial. Precisava tirar Odara do quarto.

— Odara, seu cabelo está soltando. Vamos ao salão, hoje, ajeitar isso.

— Hoje não. Quero só que você me escute, mãe. — Voz de criança abandonada, carente de ouvidos cúmplices.

Janaína se sentou na cama de Odara, pronta para a escuta.

— Mãe, Marcos não me quer mais. Ele, que me ajudou tanto a encontrar o caminho para eu ser o que sou. Ele não me quer porque eu estou me transformando em mulher. Mas, mãe, você sabe, eu sempre quis ser vista como mulher porque eu sempre fui mulher. Lembra, mãe, quando eu era criança? Eu sempre me vestia de menina, sereia, bailarina... Eu estou chegando aonde eu quero, mas não estou feliz sem Marcos.

— Filha, — Janaína acentuou com uma pausa a forma de se referir a ela — na vida, temos que fazer escolhas, às vezes, com muita dor. Muitas não combinam entre si, um caminho pode ser o contrário do outro. A sua decisão de ser mulher não está de acordo com a escolha de ter Marcos como namorado. Se ele não quer uma mulher...

— Mãe, ainda tenho pênis. Eu me pergunto se ter pênis não bastaria para Marcos continuar me amando. Marcos conhece meu corpo e minha alma. As mudanças em mim são externas, mas ele sabia que eu sempre fui Odara. Mulher, mãe. — Trazia desespero na voz.

O tremor no lábio inferior e as mãos desfazendo o *mega hair* denunciavam a confusão que se passava dentro dela. Novamente a dualidade na qual vivera por tanto tempo voltava a possuí-la. Estava na margem do rio e não se sentia pronta para atravessá-lo. Temia perder o controle do próprio destino.

— Odara, pense no que você quer, no que você sente e no que deseja na vida. Todas as outras escolhas na sua vida serão consequências da sua decisão agora. Olhe para dentro de si e se pergunte se quer interromper o tratamento e ter sua relação com Marcos de volta. Minha filha, desde que você nasceu, eu tenho aprendido muito sobre a vida, sobre o que é escolha e o que não é escolha. Tenho aprendido sobretudo o que é ser mãe. E, de todas as coisas que aprendi, a maior lição é que vou estar aqui ao seu lado, aceitando você e os caminhos que você seguir. Existe muita vida a ser vivida na sua estrada.

Os olhos redondos de Odara estavam fixos na mãe. Hipnotizada e confusa por tudo que ouviu. Dentro dela, desejos e certezas se enfrentavam impiedosamente. O corpo de Odara tremia. Aquela mulher de 179 cm se amiudava no colo da mãe e soluçava.

— Chore, filha, chore. O choro lava a alma e desafoga o coração, já dizia sua avó.

As mãos de Janaína deslizaram sobre os cabelos da filha e começaram a refazer o entrelace do *mega hair*.

Mãe e filha.

Sexto encontro

Depois da última gravação, Odara ficou dois meses sem falar com a moça que escreve. Ela estava preocupada. Resolveu ligar:

— Odara, está tudo bem? Fiquei preocupada.

— Sim, minha vida está seguindo. Que bom que você se importa comigo.

— Claro que me importo, Odara. Vamos nos encontrar?

— Pode ser. Vamos caminhar naquela praça em frente ao café.

Odara apareceu tranquila, cabelos trançados, maquiagem leve. Enquanto caminhavam, ela contou o que se passou depois da conversa com a mãe.

Disse sim para si mesma.

Disse sim para a decisão de ser para sempre Odara.

Refez o entrelace do cabelo. Continuou com o processo de readequação de sexo e gênero. O batom nunca mais saiu da bolsa, era seu amuleto diário, seu patuá para nunca se esquecer que perdeu para ganhar.

Já não temia o espelho.

Ainda marcada pelo vazio da separação, se preencheu de outros amores, menos paixão, mais diversão. Peito aberto para novas experiências. Decidiu investir em outros sonhos, ser cantora e ser modelo.

Sentindo-se mulher, gostava de homens que se atraíam por mulheres. Assim, sexualmente não se envolvia com homens que gostavam de sexo apenas com homens. Também se relacionava com mulheres que se atraíam por outras mulheres. Considerava um privilégio poder experimentar várias formas de prazer. Tudo ainda inusitado na sua nova forma de ser e existir. Não queria limites no seu mundo odara. Dispensava as bordas do preconceito e o estéril julgamento do mundo que a calava.

Valorizava o que já tinha vivido. Marcos foi o passado necessário para Odara nascer. Nascimento desejado, construído. Teve sofrimento, sim, mas estava valendo a pena.

Marcos fez parte do passado, mas a ajudou no delineamento do futuro. Depois da dor, ficou a gratidão. O relacionamento com Marcos foi a ponte que ela precisou atravessar para chegar do outro lado. Muitas vezes se sentiu presa em uma das margens, mas seguiu em frente. Não existiria a certeza de ser Odara se não tivesse existido o confronto com a iminência de se perder do seu maior desejo. Ela era a própria *anima* materializada. Considerava-se vencedora.

Odara existia nas novas formas quando se olhava no espelho, dentro do biquíni na praia, na purpurina do Carnaval e no desconforto que a rasgava por dentro quando ainda a chamavam de ele.

Odara era ela. Uma mulher.

Odara queria existir e ser respeitada pela mulher que sabia que era. Queria respeito em todas as suas facetas, fosse como filha, irmã, estudante, estagiária e, sobretudo, cidadã. Uma mulher como outra qualquer nos seus direitos.

    Ao ver-se como mulher, descobriu que ser mulher ainda era muito difícil em uma sociedade com bases tão patriarcais. O preconceito que vinha do outro mudava a razão, mas não a direção. Odara resistia. Resistia, assim como Xica Manicongo resistiu. Odara admirava Xica Manicongo. Considerada a primeira travesti brasileira não índigena, Xica Manicongo veio escravizada da África para Salvador, na Bahia, onde se recusava a usar o nome masculino de Francisco que lhe foi imposto, se recusava a usar roupas masculinas e seguia vestindo seus trajes femininos como fazia no seu país de origem, no qual sua escolha não era considerada heresia ou agressão. Seu sobrenome, Manicongo, era um título usado no Reino do Congo para governantes reais e divindades. Portanto Manicongo podia ser traduzido como Rainha ou Realeza do Congo. Odara sabia que Xica sempre seria sua atávica inspiração. Rainha, sim!

    Odara se permitia escolher com quem queria estar. Sem amarras, sem condições preexistentes. Marcos foi a dor cruenta do passado. A ferida demorou a fechar, foi cicatrizando com a salmoura das próprias lágrimas. Agora já vivia o futuro: Bento. Rapaz de gestos suaves, pensamentos leves, às vezes etéreos, dos que eram acostumados a respirar o frio ar do Capão, na Bahia. Dentro da sua forma flexível de ver a vida, Bento era assertivo para reconhecer em Odara a mulher que ela era, a que ele queria. Bento queria Odara, aceitando seu todo que era feito de muitas partes, inclusive de passado. A Bento interessava o presente.

Odara seguia se encantando com Bento, Bento seguia encantado por Odara. Para eles, não era "clichê" sentir que amar ultrapassava qualquer limite. Odara queria mais amplitude na sua forma de sentir, queria ser inundada pelo infinito.

Ela decidiu viver as dores de ser Odara. Ser Odara ia além do simbolismo do nome de mulher. Odara transitou pelo caos e sobreviveu usando a força de quem sabia abrir caminhos. No transmutar do corpo, foi preciso desnudar a alma. Ferir-se mais do que já estava ferida. Sobreviveu.

Aqui estava ela nua diante do espelho. Ela se olhou, viu um rosto feminino, jovem e sorridente, um corpo com formas cada dia mais femininas e, entre o triângulo dos pelos pubianos, o pênis lhe dizia que ela tinha nascido com genes masculinos. Ela não disfarçou seu órgão sexual prendendo-o com fita. Vestiu o biquíni vermelho, orgulhosa da imagem que estava diante de si. Sabia que não precisava de uma vagina para se sentir mulher, para ser mulher. O corpo não conseguiu aprisionar sua essência.

Vestiu a saída de praia, apanhou a bolsa, ajeitou os cabelos crespos com os dedos, jogou um beijo para a mulher do espelho e disse, vitoriosa:

— Eu me amo, Odara!

Conversa digital

A moça que escreve falou com Odara pelo Instagram. Acabara de ver um post em que Odara cantava.

— Vi que você está gravando um clipe. Quando vai ser lançado?

— Em duas semanas. Em várias plataformas.

— Qual a música? Lembro que me disse que seus pais gostavam de Djavan e que a música dele sempre influenciou muito nas suas escolhas musicais. Vai regravar algo de Djavan? — a moça perguntou curiosa.

— Você vai ver. É uma música minha, muito linda. Uma surpresa para todos!

— Fico feliz por você. Torcendo pelo seu sucesso. Eu não sabia que você era compositora.

— Estou testando todos os meus talentos. Vou fazer um show também! Vá lá me ver.

— Vou, sim. Já tem lugar decidido?

— Tem, sim. Vou lhe passar tudo certinho pelo WhatsApp. — A voz grave de Odara estava animada, vibrante.

A moça imaginou que Odara estava começando a realizar o sonho de ser cantora. Odara já podia contabilizar muitas conquistas nos seus 22 anos. Muita vida em poucos anos. Muito tempo ainda para viver e realizar outros sonhos. Iria conseguir.

A moça que escreve se lembrou de tudo que ouviu de Odara. Lembrou-se de como se emocionou a cada capítulo escrito. Dentro de si também encontrou Odara, e, mesmo sendo uma mulher cis, heterossexual, se viu tão perto das emoções vividas por uma mulher trans. Odara é mulher. Elas se irmanaram, estavam unidas por uma história contada após ter sido vivida de forma inteira e humana. Foram cúmplices para que a voz de Odara se perpetuasse através da sua voz. A escrita de uma mulher tirou a mordaça de outra.

A moça que escreve teclava e sentia que cada palavra tinha um sentido que transcendia a sintaxe e as figuras de linguagem tão comuns na literatura. Nenhuma metáfora ou hipérbole poderia traduzir o que sentia pela permissão de usar sua escrita para transformar vida em história, realidade em ficção. Chorou.

Sentiria saudades da personagem Odara, mas vibraria por cada conquista da mulher que a inspirou.

Ester se lembrou de Janaína, da sua crescente cumplicidade com Odara. Sentiu que também era um pouco mãe de Odara. Sua escrita ajudara a criar a Odara que dialogaria com o mundo sobre sua verdade. Odara era real e sua história existiria em cada mulher.

O show de Odara

O show de Odara iria acontecer. O espaço era pequeno, mas muito representativo da boêmia e da diversidade baiana. A plateia aguardava ansiosa, o encanto da voz de Odara já era notícia nos bastidores das casas noturnas.

Osório e Janaína estavam na primeira fila. O nervosismo e a expectativa não os deixavam quietos nas cadeiras. Dividiam o olhar entre o palco e a plateia.

A moça que escreve se apertou entre as jovens com roupas despretensiosamente marcantes, típicas de universitários engajados e sonhadores. Ela voltou aos anos 1980 e se viu como eles. Uma emoção pura a igualou a todos os presentes. Estava ali para aplaudir Odara e todas as suas conquistas.

O show ia começar. O palco estava pronto. Não existiam cortinas a serem abertas. A banda começou a tocar. Luzes multicoloridas se cruzavam com a expressa intenção de cegar a plateia.

De repente, apenas uma luz branca. No meio do palco, uma mulher preta, com longos cabelos trançados à moda africana. O vestido longo em paetês azuis de diversos tons revelava curvas sinuosas. As sandálias prateadas de saltos a faziam mais alta que seus 179 cm. Uma mulher impressionante. Ela começou a cantar.

A voz rouca e melodiosa invadiu o espaço e os corações. A música falava de um amor perdido, da dor das rupturas, mas de possibilidades de recomeços. A voz e o corpo de Odara refletiam a tristeza de quando se perde um amor e vibravam alegremente quando falava de recomeços. Não era apenas música. Era Odara interpretando, ou talvez não fosse preciso, ela se deixava levar pelas próprias emoções. Tudo que viveu estava nela. Estava entregue a si mesma, se derramava sem medo, não havia silêncios na sua alma. Sua voz estava sendo ouvida.

Aplausos e assovios vibravam com Odara.

Ela agradeceu e pediu silêncio. Depois falou:

— Obrigada a todos por estarem aqui. Eu sou uma mulher trans e para mim é muito importante que minhas conquistas sirvam de estímulo para outras mulheres, sejam elas trans ou não. Mulher é mulher, ponto. Eu tenho muitas conquistas: a primeira é que, agora, posso falar sem o medo do julgamento, sem a vergonha de me sentir uma "pessoa toda errada". Ouvi frases assim desde criança. Superei, venho transformando minha dor em criatividade, por isso me sinto artista.

"Posso falar da minha conquista de, tendo nascido biologicamente homem, hoje ser mulher. Tive o apoio da minha família, que entendeu que minha essência ia além dos meus cromossomos XY. Para que tudo isso tivesse acontecido, eu tive o respeito da saúde pública como cidadã, pois realizei todo meu acompanhamento para readequação de gênero no serviço público com muito acolhimento e dignidade.

"Preciso também dizer que nesse meu caminho teve uma pessoa muito especial a quem tenho que agradecer. Ela não participa mais da minha vida, mas foi a ponte entre o que fui e o que sou." — Odara baixou os olhos, engoliu em seco antes de continuar. — "Ela viu meu sofrimento e me mostrou possibilidades de superação. Mesmo que ela não possa me ouvir, não estou falando para que ouça, estou falando para mim mesma, para que eu nunca me esqueça da sua importância na minha vida. Não falarei seu nome, pois sua existência na minha história está além de qualquer nome que eu possa dizer. Aliás, no meu caminhar, eu aprendi que nome é aquele com o qual a pessoa se identifica. Eu sou Odara, mas já tive um outro nome que não uso mais, meu *dead name*. Esse nome não faz mais parte de mim, mas fez parte da minha história. Daqui para a frente, seguirei sem ele, sendo apenas Odara. Eu fui a tecelã de mim mesma. Obrigada por me escutarem."

Ouviram-se aplausos, muitos aplausos.

Odara recomeçou a cantar. Os paetês azuis do vestido refletidos na luz branca deram a Odara um ar da divindade mítica das águas. Ela era Iemanjá, Janaína, Iara, Oxum, muitas mulheres em uma só. Uma constelação de energias femininas que a faziam brilhar naquela noite.

O show acabou. Odara, feliz, abraçou os pais, os irmãos e Bento, que vibravam com ela a conquista daquela noite.

Um homem atravessou o teatro em direção ao palco.

— Odara! Que linda noite você nos deu! Que belo show!

— Marcos — a voz de Odara perdeu o ritmo. — Você estava aí?

— Sim, o tempo todo. — Sorriu com a cumplicidade fraterna.

Sem que Odara pudesse impedi-lo, ele a abraçou. Segurou o rosto de Odara bem próximo ao dele, os olhos de ambos se encontraram. Não existia mágoa entre eles. Ele roçou levemente os lábios nos de Odara com a suavidade de quem pedia perdão. Não havia desejo. Odara sentiu uma onda de súbito afeto por ele.

— Obrigado por estar sendo feliz, Odara. — Beijou as mãos enluvadas dela.

Com a mesma determinação com que se aproximou dela, ele se afastou. Caminhou sem olhar para trás.

Odara sorriu para si mesma.

— Vamos festejar, afinal eu tive uma noite perfeita, não foi?

Último encontro

A moça que escreve e Odara conversavam no café onde várias vezes se encontraram. A vida da mulher Odara seguiria; tudo que foi contado e escrito estava sendo finalizado e fazia parte da sua história. Vidas não se resumiam a histórias. Viver ia além. Criador e criatura sabiam disso.

Não havia despedida entre elas. A moça que escreve estava feliz por sua escrita; Odara, orgulhosa de sua história.

Ela falava de si com a leveza de quem era Odara: tinha 22 anos, era universitária e fazia estágio em um ambiente onde todos a respeitam como mulher trans. Alguns estranhavam a voz rouca, mas isso não a incomodava. Estava ainda finalizando o processo de hormonização. Relembrou que aos dezenove anos decidiu que seria mulher externamente, pois sob sua pele a mulher já habitava há muito tempo.

Sabia que tudo sobre ela estava escrito no seu corpo. Não havia teses e teorias a serem provadas. A prova e o conceito estavam nela e só dela nasceriam as respostas. Não as temia.

Seguiu as etapas previstas com avaliações clínicas, psicológicas, conversas familiares, apoio dos pais, que finalmente compreenderam sua inadequação no sexo biológico, até o veredicto final para que o uso das medicações fosse iniciado no serviço público. Bingo, vitória de Odara, vitória para tantas outras mulheres trans que a seguiriam. Isso era a cidadania que tantas vezes lhe fora negada.

Sabia que chamava atenção. Era uma espetacular mulher preta de 1,79 m de altura, quadris largos e seios que já se mostravam presentes pelo uso dos hormônios femininos. Gostava de ser assim! Grande, opulenta e vestida de delicadezas da sua alma, que já nasceu feminina.

Nas baladas noturnas, os homens se interessavam muito por ela, mas muitas vezes se sentiam ludibriados quando percebiam que se interessaram por uma mulher trans. Odara já recebeu várias acusações de se fazer passar pelo que não era. Ela era o que era, como se sentia. Mulher. Isso bastava. Será? Ela respondia sim olhando o próprio passado.

Odara sabia que não foi fácil ser a mulher que sempre gritou dentro dela. Teve muito sofrimento físico e emocional. Precisou perder amores.

Teve que seguir sem Marcos com o coração partido para se fazer inteira.

Precisou revisitar o passado para escolher seu futuro.

Ela lembrou que conheceu Marcos nas redes sociais. Em 2019, começaram a namorar após um encontro em uma festa da faculdade. Namoro rico de trocas afetivas e intelectuais. Marcos estudava pedagogia e tinha um modo bem sensível de ver o mundo. Gostava de ver Odara cantar, e cantava para ela "Fã", música de Ivete Sangalo, repetindo o refrão como uma declaração de amor: "olá, sou seu fã. O número um, sou seu fã... você realiza meu sonho, é minha razão de sonhar". Também a mimava com pedaços de bolo, ainda morno, feito pela própria avó. Era um bom amante e um bom companheiro. A voz de Odara tinha uma ternura súbita ao dizer: "Marcos era especial. Foi bom tê-lo amado".

O modo de trilhar o caminho é que traz o valor do passado, disso ela tem certeza.

FIM

Posfácio

No período em que estava finalizando este livro, conheci algumas pessoas LGBTQIA+ em situações diversas. Como minha escrita tem se baseado em histórias reais, conversei com essas pessoas para sentir se a história de Odara teria reverberação nas suas vidas ou vice-versa. Assim, eu solicitei que cada uma delas falasse sobre dois pontos específicos da sua experiência de ser uma pessoa LGBTQIA+, da forma mais espontânea possível: 1) O que representa para você ser uma pessoa LGBTQIA+; 2) Qual o maior desafio para se assumir LGBTQIA+.

Nos depoimentos que reproduzo a seguir pode se perceber que existe um uníssono nessas vozes que envolve autoaceitação e aceitação social. Conhecer essas pessoas, após ter tido a oportunidade de contar a história de uma mulher trans, mesmo sendo eu, uma mulher cis, e com experiências pessoais distintas das que eu ouvi, me trouxe uma felicidade muito grande em saber que, também através da minha escrita, essas vozes poderão ser ouvidas.

> Eu sou mais uma sobrevivente, resistindo, encarando a sociedade e os próprios problemas pessoais, pois não é fácil. Não fácil assumir, a gente pensa que vai morrer até conseguir se reconhecer como uma pessoa boa, normal, nem melhor, nem pior que ninguém. Mas a sociedade é cruel quando a gente se assume, a mulher trans vira alvo de violência e de julgamentos sem lógica, pois as pessoas associam a transexualidade à prostituição e agressividade.
>
> Muitas mulheres não têm a oportunidade que eu tive, pois minha família me apoiou, tenho um trabalho que me aceita como sou. Assim, dentro da comunidade LGBTQIA+, eu sou uma vencedora. Acredito que, quando uma mulher trans consegue um espaço de trabalho e é reconhecida como pessoa, todas as outras mulheres trans saem ganhando.
>
> O maior desafio de se assumir LGBTQIA+ está na própria pessoa. Eu não me aceitava, eu era cruel comigo mesma, eu me castigava, eu não queria isso para minha vida. Foi muita luta, até eu me aceitar e me respeitar.

— *Ya,*
mulher preta, trans, representante da Shiseido na Sephora em Salvador, Bahia.

> Para mim, eu sou um teste de amor para o mundo lá fora. Só pode me amar quem me aceita como sou.
>
> É importante dizer que o preconceito está em todos os lugares. Mesmo em lugares de pessoas que se dizem finas, ele existe, é verbalizado de forma sutil, mas está presente. Na periferia, o preconceito é rude e agressivo, e muitas vezes decorre da falta de conhecimento. Muda a forma, mas o preconceito ainda existe. Sempre presente.

— *Ícaro,* autodefinido como não binário, preto/preta, se diz livre de rótulos, nasceu na Bahia, atualmente vive na Itália, onde tem uma microempresa para confecção de perucas e vive um casamento feliz com um italiano.

„

Para mim ser uma pessoa LGBTQIA+ significa participar de uma rede construída por pessoas de grandes potências. Contudo, sabemos que morar no Brasil sendo uma pessoa LGBTQIA+ faz com que ela se torne automaticamente alvo de preconceitos e possíveis violências, mas também conseguimos construir diversos espaços pensados e articulados de outras formas. Nossos corpos e corpas se movimentam, mesmo sem querer.

Acho que o maior desafio de entender que se é uma pessoa LGBTQIA+ é não poder se expressar e viver de forma tranquila sendo quem é. Tudo e qualquer coisa que passamos ao enfrentar a sociedade, por sermos e assumirmos ser, são consequências não mensuradas. A dificuldade maior é totalmente do outro e não nossa.

"

──────────────────────────────── *Abigail,*
mulher trans, educada em família de classe média,
maquiadora profissional.

FONTE Baskerville
PAPEL Pólen Natural 80g/m²
IMPRESSÃO Paym